José Lezama Lima
Spiel der Enthauptungen

Erzählungen

Aus dem Spanischen
von Wilfried Böhringer

Frankfurter
Verlagsanstalt

Originaltitel der bei Editorial Letras Cubanas erschienenen Ausgabe:
Cuentos

Die Übersetzung aus dem Spanischen
wurde unterstützt durch die
Gesellschaft zur Förderung der Literatur aus Afrika,
Asien und Lateinamerika e. V.
in Zusammenarbeit mit dem Institut für Auslandsbeziehungen.

Erste Auflage 1991

Satz: Dörlemann-Satz, Lemförde
Druck & Einband:
Friedrich Pustet, Regensburg
Printed in Germany
ISBN 3-627-10210-X

Spiel der Enthauptungen

Ausreißer

Die Luft war nicht gelockert, man schwamm nicht in der Luft. Wir vergaßen die Grenze ihrer Farbe, bis sie wie unteilbarer Sand war, den der Atem nur mühsam passieren ließ. Es regnete, es regnete noch mehr, und zwischen Regenguß und Regenguß konnte sich eine nasse Luft behaupten, die absonderte, die bewirkte, daß wir uns in den Säulen verhedderten, oder daß wir die immergleichen Menschen anschauten, die viele Tage lang und in vielen verschiedenen Körpern an uns vorbeigingen. Es trat eine Pause ein, die Luis Keeler dazu nutzte, sich eiligen Schrittes auf den Weg zur Schule zu machen, doch er blieb stehen, um zu beobachten, wie sich das Wasser, das ganz langsam über die Buchstaben eines zu einem Juweliergeschäft gehörenden Firmenschildes rann, bis zum letzten Buchstaben durchschlängelte, dort zu stocken schien, dann eine mattgrüne Tönung annahm, zurückwich, sich erschrocken im Kreis drehte, weil es nicht zu nahe an den Rand des Schildes wollte, wo es warten müßte, bis der Wind direkt – er konnte auch einen anderen Kurs einschlagen – gegen das Schild blasen würde, dessen vergeßliche Buchstaben angesichts der von Wind und Regen auferlegten Einebnung nur noch mit Mühe hervortraten, und schließlich, nachdem er die verschwommenen Wälle und Wüsten des Schildes hinter sich gebracht hatte, sprang der Tropfen ab und verschwand.

Auch Armando Sotomayor hatte die zwischen den Regengüssen anberaumte Pause dazu genutzt, sich auf den Weg zur Schule zu machen, welche einen glanzlosen Anblick bot, als hätte die Stimme der Lehrer nach und nach eine feuchte Kruste gebildet, die die Wand von den Blicken schied. Die Erinnerung an den Regen und das sieche Wasser, das von den Häusern herab auf den safrangelben Boden sprang und dort verlief, als putzten die Sohlen der Schuhe die auf den weichen Asphalt geprägten unglaubwürdigen Gesichter. Es war, als wäre eine Vorstellung geradewegs darauf gerichtet, den vor ihr befindlichen Gegenstand zu ergründen, und spränge dann, wenn sie auf die grünen, gelbschuppigen Wände der Schule trifft, ins Meer, um sich selbst auszulöschen.

Luis und Armando schauten sich an. Armando beobachtete, während er schon spürte, wie die Regenfeuchte aus seinem dunkelblauen

Jackett mit den weißen, von weitem grauen Streifen verdunstete, daß zugleich auch neue Farben zum Vorschein kamen, die mählich, wie nach langem Zaudern, trockneten und auf den verschossenen Wänden Krähenfüße, alte, fast rissige Gesichter hinterließen. Armando schaute nun nicht mehr auf die feuchten, verschossenen Wände, die aussahen, als hätte sich der Regen damit vergnügt, sternbehauchtes, gestrafftes Hirschleder darüber zu spannen und so eine verwischte Himmelskartographie zu entwerfen. Armandos Augen drehten sich langsam zur Seite, er ließ den Blick auf Luis fallen, der zu ihm kam. Ohne ihn zu begrüßen, sagte er: Komm, wir bleiben draußen, am Malecón toben die Wellen, ich will sie sehen.

Der jüngere Luis, froh über Armandos erste Worte, begrüßte ihn zuerst mit verhohlener Freude, dann antwortete er schnell: Gehn wir.

Die Feuchtigkeit hielt an, eher als an den feuchten Schuhen war sie am Schweiß auf Luis' Gesicht zu erkennen. Der letzte Tropfen verweilte noch am Schild des Juweliergeschäfts, bis er schließlich so schnell herabfiel, daß die Erde bei der Absorption einen Schrei ausstieß. Luis schien seine Aufmerksamkeit auf die Gefahr eines weiteren Regengusses zu lenken, auf die Ausrede, die er zu Hause gebrauchen würde, wenn seine Eltern den Stegreifausflug herausbekämen. Obwohl Armandos Fragen immer zu plötzlich kamen, achtete er nicht auf dessen Gesicht, wie einer, der sich eines beschlagenen Spiegels erfreut oder sich ausmalt, die Mondatmosphäre sei sehr dicht, oder das pappige Püree auf der Zunge zurückhält. Das erregende Gefühl, die Schule zu schwänzen, war zu bedeutend, als daß er seinen Blick auf Armandos Gesicht hätte richten können, obwohl fast sicher ist, daß er ihn auf seine Augen heftete. Indes war jedes Wort Armandos ein Blick, fast möchte man sagen, er redete, um in Luis' Augen die Gipfelung seiner Worte zu finden, und nicht so sehr eine notwendige Antwort. Wir sollten, dachte er, nur morgens in die Schule gehen, alles andere ist überflüssig. Gewiß, die Morgen sind fast immer feucht, weichen die Dinge auf, machen die Worte unbrauchbar. Wenn ich meine Tante kommen sehe, öliges Weiß und morgendliche Feuchtigkeit, die Augen gereizt, die Kleider jäh gegen den reglosen Körper geklatscht, dann habe ich den Eindruck, ich sähe sie auf einer Kuh daherreiten und ganz langsam – als würde man verschwitzte Tücher von einer Gipsstatue ziehen – das Rund des Morgens herabsteigen. Die Betrachtung des morgendlichen Milchkaffees erzeugt eine geteilte Wollust, die ganz bedeutungslos wird, wenn die jungen Burschen in die Akademien gehen. Ein zäher Geschmack dringt nach und nach durch jede einzelne der sich widersetzenden Poren, eine Taube findet den Tod, als sie gegen die Rauchsäule einer Zigarette prallt, die veralgten Wasser heben den Leichnam eines blinden Seemanns empor, der schwer seine Hände fallen läßt und dessen tätowierte Nasenflügel noch erkennen lassen, wie er sich angestrengt hat, in diesen durch Speichel und nasses Papier eingedickten Wassern zu überleben.

Sie waren bereits an der vorgesehenen Stelle angekommen, die Wellen drangen durch den Blick ein, dann entstand eine aussichtslose Leere, die schnell von den Wolken besetzt wurde. Die Landschaft zeigte jedesmal ein anderes Erscheinungsbild, je nach den in Stil oder Manier unterschiedlichen Blicken. Die Wellen türmten sich stählern um eine Faust, die ihnen ein eisernes, veralgtes Skelett verlieh. Es bildete sich das Publikum, das in den Städten immer in großer Zahl zur Stelle ist, um bei Feuersbrünsten zu gähnen, um bei Überschwemmungen eine Petroleumlampe anzuzünden. Luis und Armando waren etwas gedankenverloren vor die Wellen getreten, dies schien ihr Ziel nicht zu sein. Vorübergehend war es dienlich gewesen, doch auf sie drang ein schwerer zu fassendes Geheimnis ein. Schuleschwänzen ist der Schrei, der aus einer Krise kommt, aus etwas, das wir verlassen, aus einer Haut, die uns nicht mehr entschuldigt. Sie hatten einen Nachmittag in der Schule versäumt, jetzt ließen sie die Hände sinken, neigten den Kopf etwas zur Seite, alle rannten, und Luis ließ zu, daß seine Schuhe naß wurden, ohne den Blick von der nächsten Welle zu wenden. Er begriff, daß der Tag grau war, daß sie die Schule geschwänzt hatten, daß Armando neben ihm stand und einen wunderbaren, doppelt abgeschlossenen Raum einnahm, einen rhythmischen Raum, denn ab und zu führte er die Hand zu seinem Haar, als wollte er es zwingen, in einer unwirklichen, gelockerten Stellung zu verharren. Die Haare verweigerten ihm den Gehorsam, flohen, als wäre dies nicht der richtige Ort für ihren Traum, lehnten die Herrschaft der Hand ab, die sie nicht als die seine wiedererkannten. Luis ahnte, daß ein paar Tropfen für seine Schuhe nicht von Bedeutung waren. Er hatte die Schreie nicht gehört, die winzigen grellweißen Papierfetzen, die sie der fliehenden Welle nachwarfen, worauf diese dann artig zurückkam, um zu vergessen und sie aufzusammeln. Die Wölbung der Wellen, das plumpe Aufgehen der Welle in einer anderen Welle erzeugte eine Woge von Dämpfen bar aller Erinnerungen. Als würden sich die Wolken zwischen ihnen ausbreiten und die ausgerissenen Kinder in feuchte Archipele verwandeln. Ein Schiff stößt sanft gegen sie und sieht sich durch die Zeiger einer Uhr langsam zurückgewiesen. Sie änderten den Kurs, das Ziel, das sie verbunden hatte, ging unmerklich verloren. Spannungsvoller und verborgener würden sich die Wörter erhalten, die sie aneinanderfesselten. Die beiden zogen sich zurück, ignorierten sich dabei. Sie entfernten sich von den Wellen, weil sie glaubten, daß diese, wenn sie es satt hätten, den Küstenstreifen zu stilisieren, sich in ein gefährlicheres Abenteuer stürzen würden. Sie hatten die Wellen weniger gesehen denn erraten, als sie in die wäßrige Atmosphäre tauchten, die sie verdrängten, ein ferner Lärm kam zu ihnen, eine Welle schob die andere voran, wobei sie gewölbte Laute von sich gaben, die dünner wurden, um in die wattene Bucht der Ohren einzudringen. Sie hatten schon beschlossen spazierenzugehen. Der anfängliche Antrieb war dem annehmbaren Widerwillen gegen das Spazierengehen gewichen. Armando lenkte seine Aufmerksamkeit auf einen der beiden Knöpfe, die sich auf der blau-weiß gestreiften Färbung von Luis' Anzug absonderten, jedesmal kam ihm der eine anders vor, dann stellte sich neues Behagen ein, wenn er entdeckte, daß sie doch beide gleich waren. Er wartete nun nicht mehr auf die nächste Welle, sondern auf den schillernden Reiz der bläulichen, gleichen, ungleichen Knöpfe, die auftauchten, untertauchten. Die Welle, die sich ausstreckte, dann die Starrheit des einen Knopfes, der andere war so zweifelhaft. Der feuchte Blick reichte asphaltierte Fische. Es war, als würde ein Kranich, ein weicher Vogel, aufgesaugt vom fordernden Asphalt, der so den asphaltierten Kranich als neue Marke zur Schau stellen konnte. Alles so aufgelöst, daß man bei dem Kranich auf dem Asphalt nicht von einem Schild sprechen würde wie bei dem, das den letzten Tropfen an der Reklame des Juweliergeschäfts aufgehalten hatte. Luis fuhr zusammen, als wäre er gegen eine Wolke gestoßen oder als wäre er aufgewacht. Es war eine dichtere, weniger von Feuchtigkeit durchtränkte Stimme zu hören. Er fühlte sich in Schrecken versetzt, wie wenn man erfährt, daß beim Seepapagei, diesem vorzüglichen Fisch, nur die Innereien genießbar sind. Luis spürte die unsichtbare Feuchtigkeit bei seinem Spaziergang mit Armando. Kein fester Punkt konnte ihn bannen, jede klarende Linie war so langgezogen, daß sie elektrisiert im Wasser erstarb.

Grün des zierenden Heckmondes, das Grünen bemondeter Binsen verheißend. Carlos war aufgetaucht – der Zwang des Benennens, die Knechtung durch Linie und Punkt –, älter als Armando, und hatte gebieterisch zu ihm gesagt, gebieterisch, das war das Wort, das Luis nicht sagte, das er aber fühlte, das er hörte, als es ihm das Herz abdrückte: Hatten wir nicht ausgemacht, ins Kino zu gehen? Wir können immer noch gehen. Ohne Luis anzuschauen, der zur unbedeutenden Gestalt geworden ist, sagt Armando teilnahmslos zu ihm: Bis dann, ich geh jetzt. Teilnahmslos, ohne den entscheidenden Blick, ohne einen letzten Versuch, die Färbung der Knöpfe an seiner blauen Jacke mit den weißen Streifen zu unterscheiden. Schneeweiße neue Vögel lassen ihre Schnäbel auf die Mandolinen niederfahren, die numerierte Elegien buchstabieren. Der Traum verdichtet sich in der Erinnerung an jene letzte Welle, die endgültig zu Marmor wurde. Die Welle ist die Bestie, die das Alabasterbecken sucht, wenn zwei reisende Hände beschließen, zur selben Zeit von Bord zu gehen.

Er folgte mit dem Blick dem Bogen der Mauern, die unnütz schienen, denn die gedankenlosen Wellen stockten an einem vorbestimmten Punkt, der im Scheitel von Welle und

Möwe eingezeichnet war. Er sah auch, wie sein Arm kreiste, sich verlor, bis er sich, taub geworden, langsam krümmte, gezwungen durch den Reigen der Möwen, die unsichtbare Kreise zogen, und doch nicht so unsichtbare, denn wenn er den Arm ausstrecken wollte, spürte er die Stiche der Spinnenfische, und wenn er den Blick hob, sah er, wie sich die Möwe in einem geometrischen Punkt versteckte oder wie ein Albinopfeil in einer großen Kugel aus geblasenem Glas verschwand. Nun konnte er die Erinnerung an die Spinnenfische und den langsam gekrümmten Arm nicht mehr vom zahmen Erbarmen der Möwen scheiden. Er konnte in seinem Chromnickeldöschen die Streichhölzer nicht mehr von den Nadeln scheiden. Auch nicht das Buch der Fragen von den Geißblattantworten, von den Korallengruppen, von den fauligsten Anemonen. Die Wolken rissen auf und zeigten die verblutende Festung. Die abgestillten Wolken machten das Perlmutt jener Agonie noch etwas rosiger. Dem Kreisen der Möwen folgend, tauchte ein Dutzend Halbwüchsiger auf, die im Sand ihre sahnigen Flöten verbargen und zur Erinnerung ihre Ohren vergruben. In der Mitte des Goldfischglases sieht man winzig klein ein weiteres Dutzend römischer Krieger schwimmen.

Er setzte sich auf die Mauer, das Wasser prallte nicht mehr gegen die Steine. Es wandte sich jetzt mit verstohlenem Schritt den Ohren zu, prallte gegen die Festung, ohne Klingel oder Windhund, die diese Feuchtigkeit zerschnitten, die des verstohlenen Gewoges Füglichkeit gesteigert hätten. Er sah, wie sich im Gleichmaß des Meeres ein schläfriger Strudel öffnete, sein Blick erhaschte eine mattgrüne, perlgraue Alge, geronnenes Rätsel, fließendes Geheimnis. Es kam eine kleine Welle, von den verflochtenen Binsen ausgelöst, geleitet nur von dem Geräusch, das die Fische erzeugen, wenn sie den Kopf wenden, um sich in den Hals zu kneifen; es schien, als sei die Alge schon gewarnt, als hörte sie schon undeutlich ihren Namen und wollte mit dem Stein verwachsen. Ein unerfüllter Augenblick, und die nun genau bestimmte Alge nahm, ein bißchen seekrank, erneut denselben Platz ein. Luis Keeler spürte die Stetigkeit der Alge, spürte desgleichen ihren unsichtbaren Lauf dem bemoosten Wall entgegen. So verblieb die Alge, wie eine Krone, die hinabreicht bis zur Wurzel der über dem Fluß verblutenden Festung. Die Alge flehte die Monarchie des endlosen Schlafes herbei. Zwischen den Schritten der Wachtel und der Wurzel der Festung konnte das vom Schatten des feuchten

Lärms und der Leichtigkeit aufgenommene Photo das Auftauchen der genau bestimmten Algen garantieren.

Als die Alge zum letzten Mal gegen den aufgeweichten Stein prallte, versank Luis Keeler in Schlaf. In einen weichen Schlaf, umgeben von Algen und Watte, von Händen, die einen Sack voll Sand und Nägel weich berühren. Persische Briefe, die Wachteln im häuslichen Dienst, die nach dem Verbrechen umgestürzten Goldfischgläser. In ihrem Drang, das letzte Wort zu suchen und den Stand des Schlafes, zerrte die Wachtel verzweifelt an den Lippen. Im Paradies strömte erneut das Wasser, und der Himmel wird gefertigt. Die Linie der Mauer zog sich in die Länge, und auch er streckte sich, wurde dünner. Er spürte, daß ihm das Denken entwich, so wie er die Schritte der Wachtel gespürt hatte, um das Zentrum jener benannten, unterschiedenen Alge zu besetzen, die ihren Stolz und ihre willentlichen Wanderungen vorzuweisen hatte. Der unbefriedigte Tastsinn konnte sich nicht mehr im Blick oder in jenem letzten Bruchstück seiner Lippen fortsetzen. Dichter Schlaf, als könnte einer mit dem Mund voll Wasser sprechen. Absolutistische Alge, die das Glas der Abschweifung von den Erinnerungen und den Wolken trennte.

Er überschritt eine Meereslinie, die von den Binsen gezogen worden war, bevor sie sich in Hummelkolibris verwandelt hatten. Die letzte verlief über Luis Keelers Körper und schlummerte in der Verästelung seiner Nerven ebenfalls ein. Eines seiner Augen durchdrang die Porzellankugel, die zusammen mit dem Granatbohrer gebracht worden war, und gewahrte die Fingerspitze eines wieselflinken Banditen. Er siegte, ein Rädchen durchlief die Distanz, die den Blick von dem aschgrauen Gegenstand trennte.

Dann gewahrte sein anderes Auge das Ehrenzeichen, das der Panzer der sengenden Wasser, der Lavaströme und der Punzen hinterlassen hatte. Als er schon aufrecht stand, alle Algen geflohen und die Grenzlinien der Mauern verwischt waren, durchtränkte die Nacht seine Eingeweide, wuchs wie ein Baum, der die Tinte von seinen Zweigen schüttelt. Es wäre rühmlich gewesen, einen Schrei auszustoßen, doch in diesem Augenblick entleerte sich der Käfig der Kinos, und aus dem flehenden Leben der Algen war ein absolutes Beleuchtungssystem erstanden. Einen Schrei auszustoßen hätte bedeutet, sich einen Fuß zu brechen oder das letzte Stampfen der Algen vorherzusehen oder zu erraten, wie das Blut in den Granaten zirkuliert.

Der violette Hof

Das violette Tuch einer anhaltenden Traurigkeit hing von den langen Höfen, von den gebauschten Gemächern, die den Bischofspalast bildeten. Der große quadratische Hof in der Mitte schien seit dem Tod des Monsignore von freundschaftlichen Schatten überflutet. Die kalten Schritte der Priester, die von einer sich damit vergnügenden Ewigkeit gezählt schienen, überquerten ihn wie das baritonale Echo einer Trauerpredigt. Es war schon immer ein melancholischer Palast gewesen, nicht wie es alle Paläste sind, sondern mit dieser Melancholie, die uns eher einnimmt als besitzt, wenn wir einen Springbrunnen aus Rauhreif betrachten. Jetzt war er etwas mehr als ein melancholischer Palast, eine starke, beherrschende Traurigkeit lastete auf allem, nicht wie ein Schatten, sondern wie die Abenddämmerung, die ihre winzigen Zimbeln verbrennt, ihre letzten Flammen vor der Invasion des hartnäckigen Regens.

Der Hof in der Mitte des Palastes, und im Hof, in einer Ecke, der Papagei. Die Feuchtigkeit war unauslöschlich: Wer dort hindurchging, gedachte später jener Kälte in dem Krampf, der sich einer Fingerspitze bemächtigte oder einen guten Teil seines Rückens besprengte. Die Wände jenes Hofes schienen sich jede einzelne der Eidechsen, die ihre Epidermis befleckten, einverleiben zu wollen; riesige Summanden von Eidechsenschwänzen hatten ein weiches, dem Schweiß der Pferde ähnliches Tegment abgelagert. Genau das Gegenteil vollzog sich auf den Federn des Papageis: Die in einem ihrer Punkte von der Tangente des Lichtstrahls durchstoßene Feuchtigkeit erzeugte eine wonnige Blendung.

Die auf den Wänden abgelagerte weichliche Schicht hatte wohl dieselbe Dicke wie jene, die langsame, gelegentlich überaus schnelle Schritte allmählich auf dem Boden abgelagert hatten. Diese Schritte standen in ebenso enger Beziehung zum Auftreten eines bestimmten Denkens wie die Entfaltung der Gestalt in der Zeit. Wenn es ein langsamer, mühsam geschmiedeter Schritt ist, diktiert ihm ein dichtes, undurchdringliches Denken fast in marmornen Wellen seine unwandelbare Kontinuität. Wenn der Schritt behender wird, hält das Denken inne, sucht sich auf den Dingen abzustützen. Manchmal gelingt es ihm nicht, sich aufzustützen, es streift sie nur im Vorübergehen, oder es streift sie auch nur mit dem Blick. Die entscheidenden und konkreten Dinge - die Vase mit Heliotropen oder der Vogel, der in seinem rosigen Schnabel die Sonnenblume führt - müßten mit dem Tastsinn hinweggefegt werden. Reicht ein Blick nicht aus, sie in ihrem Lauf erstarren zu lassen? Es ist nicht der vollkommen lineare Blick, der sie aufhält, denn er vermag nur ein unsichtbares Geflecht zu erzeugen, das wie der Bleidunst die Oxidation des Blutes aufhält. Der Schritt konnte ungestüm oder fast bewegungslos sein, doch die Steinfliesen begnügten sich damit zu knirschen wie das Meßbuch, das auch bei sanftem Druck nach Seide klingt, wenn das Messer sie poliert, ohne sie zu zerreißen.

»Die Lerchen des Bischofs«, riefen die Knaben aus, wenn sie verstohlen in den Hof eindrangen. Dann führten sie ganz in der Nähe ein störendes Gespräch. Plötzlich ging einer der Knaben langsam beiseite, als spürte er, daß man vom Hof des Bischofspalastes nach ihm rief. Es war irgendeine Besorgung: Er sollte Limonade bringen, oder ein bißchen weiter weg violettes Garn kaufen. Zwei oder drei dieser untätigen Jünglinge brachen höchst selten einmal in den Hof ein, aber indem es uns sagte, daß dieser Besuch unerwünscht war, beschloß das Echo, ihren Weggang zu verfügen. Im Grunde hielten den Hof drei Mysterien von unzweifelhafter Anziehungskraft besetzt: das Echo als gefährliche Gottheit, der Papagei und ein Käfig mit den Lerchen des Bischofs, genau gegenüber den babylonischen Flammen, die aus dem Federkleid des Papageis schlugen. Nachmittags öffnete ein Mann, der reich mit den das Fettgewebe bildenden sternförmigen Zellen gesegnet war und die Stimme eines kastrierten Baritons hatte, das Pförtchen des Käfigs. Einige der Lerchen, die durch die Jahre der Gefangenschaft fast erblindet waren, blieben ungerührt, doch die jüngeren suchten begierig das Licht. Die jüngste der Lerchen entfernte sich von denjenigen, die den Käfig nicht verlassen wollten, und von der größeren Gruppe derer, die sich zu dem einstündigen Ausflug zusammenscharten, den ihnen dieser dicke, rötliche, sich wiederholende Mann gewährte, ein Mann wie die Karikatur, die von den Schatten hervorgebracht wurde, wenn sie ihre Pantoffeln an die Baldachine und an die violetten Vorhänge lehnten. Die zur Unterscheidung von den übrigen mit einem gelben Schleifchen gekennzeichnete Lerche schwang sich auf und ließ sich auf dem Holzkreuz nieder, wo sich der Papagei nährte. Es war ein venezianisches Fest, eine Reisfelderlandschaft in Ceylon, dieser Augenblick, in dem sich die Sonne dergestalt unterteilte, daß es so aussah, als würden die beiden Tiere, die von einer Aura aus schillerndem Wasser umgeben nebeneinander saßen, winzige Springbrünnlein sprießen lassen, wobei nicht der aufsteigende flüssige Strahl das Wunderbare wäre, sondern der Aufstieg der in diesem Strahl verborgenen Fische.

Bisweilen war die Gefahr umgekehrt. Der Papagei setzte sich kurzzeitig mitten in den Lerchenkäfig. Dann sammelte sich alle Farbe in einem Punkt, der bis zum Bersten anwuchs. Um ihn her schien jede Lerche in ihrem Gesang zu schwimmen und sich nicht um dieses so geschmacklose Etwas zu kümmern, das der Papagei abgab; wenn er sich in die Mitte aller Lerchen begab.

So kam es, daß jeder, der überstürzt in den Hof des Bischofspalastes trat, vor allem wenn die Sonne ihre blendenden Hiebe austeilte, Zweifel am wahren Standort des Papageis und an der wahrhaftigen Ausdehnung des Gesanges der Lerchen hegte.

An einem Tag von lauen Lüften wiegte sich der Papagei ruhig hin und her, als eine Gruppe von Jungen in den Hof eindrang. Der Türsteher spähte aus seinen das Licht wäßrig brechenden Augen. Er war der Vermittler zwischen der Reglosigkeit des Palastes und den Dingen, die an der Ecke oder im Café an der anderen Ecke vor sich gingen; er erfuhr zuallererst, wann es im Café »Der Triumph Babyloniens« einen Streit gegeben hatte, oder wann die Polizei, und darüber redete er ganz geheimnisvoll, zwei Jungen, die er von klein auf kannte, wegen Drogenkonsums mitgenommen hatte. Nicht daß er ein Mann des Abenteuers gewesen wäre, seine langsamen, kreisförmigen Manieren versagten ihm lange Spaziergänge. Er kannte sein Viertel wie Champollion einen ägyptischen Papyrus. Und in ihm offenbarte sich tagtäglich ein schweigsamer Meister, der sich hätte entfalten können, weil niemand wußte, wo dieser köstliche Feind verborgen war. Er genoß es, reglos zuzuschauen, wie die kleinsten Jungen des Viertels sich nicht entscheiden konnten, ihre Spiele auszudehnen, und am selben Morgen mehr Überreste für die durchscheinenden Wörter zurückließen, oder auch die schnellsten Erkenntnisse.

An jenem Tag spielten die Jungen mit einem kleinen Eisenring, in den sie ein Stück violetten Glases eingelassen hatten; es war am Tag zuvor von einem Fenster abgesplittert, als dieses ungestümen Besuch von einem prall gefüllten Ball bekommen hatte. Der Türsteher war schon daran gewöhnt, sie in den Hof kommen zu sehen, zuerst sehr bedächtig, als folgten sie mit dem

Gehör den Schritten einer Wachtel, über deren Kehle die Tangente des Sonnenstrahls verläuft, während im Hintergrund die Pfeifen der Bistumsorgel zu sehen sind. Zu dieser Stunde erreichte das Licht im Kampf mit der Feuchtigkeit eine lila, meerviolette Schattierung und addierte ungleiche Teile zu einem plastischen Gebilde, das bei einem Primitiven einen glorreichen Traum auslösen würde. Obwohl der Türsteher reglos verharrte - regloses Verharren war seine Lieblingsbeschäftigung, eine schwierige Gymnastik, zu der er erst gelangt war, nachdem er mehr als zwanzig Jahre lang den Hof des Bischofssitzes bewacht hatte -, hatte er bemerkt, daß sich vor seinen Augen etwas Merkwürdiges aufblähte, zumindest spiegelte sein Gesicht das seltsame Gefühl wider, das sich seiner an dem Tage bemächtigen sollte, da das Testament des Bischofs verlesen würde und ihn mit einer Medaille bedächte, oder mit jenen goldenen Blumen, von denen er wußte, daß sie nicht aus Gold waren, die aber an den Wänden seines Schlafgemachs zu etwas wie dem sanften Flaum einer Hand wurden, die ihn in seinen Alpträumen nicht einmal bei den erbötigsten Fügungen des Glücks umfangen hatte.

Er war von der angenehmen Vision besessen, daß die Jungen nicht über jenen unsichtbaren, doch nie veränderlichen Punkt hinaus in den Hof vordrangen, sondern dort immer plötzlich zurückwichen und sich wieder Richtung Straße davonmachten. Für sein beschauliches Leben bekam ein leichtes Zwicken die Ausmaße eines Feuerballs und ein Krug, der schwankte und herabfiel, die eines Vulkans, der ihn mit heiligem Schrecken daran denken ließ, was sich ergeben würde, wenn er Verwandte in dieser nicht genau bestimmten italienischen Stadt gehabt hätte. Doch sie setzten ihren Marsch nicht nur fort, sondern dieser erwarb von jenen Herkulessäulen ihrer Vorsicht an auch eine durch Tage vorheriger Überlegungen bestimmte Zielstrebigkeit.

Zwei der Knaben hoben sich von der Gruppe ab. Gestattet mir diese kurze, ungenaue Beschreibung. Einer von ihnen existierte nur durch seine Augen, die ständig auf den Scheitelpunkt seines Gesichtswinkels geheftet schienen, aber obwohl die Bündel seiner Sehstrahlen – deren erwartete Übereinstimmung die Arbeit der Optiker zu einer hellen Freude macht – wie bei allen Menschen im erwünschten Punkt konvergierten, waren die Strahlenbündel in diesem besonderen Fall so straff gespannt, daß sie dem Einfluß der durch das Gehen erzwungenen Schwingungen unterlagen. Und zwar derart, daß seine Blicke, da die Schritte unablässig waren und der Drang zum Laufen heftig, fortwährend erschüttert und gebrochen wirkten. Etwas, das man sehen, aber nur schwerlich mitteilen kann, sehr ähnlich den Schaudern, die eine kleine Glasdose voller Näh- und Sicherheitsnadeln auch noch im hintersten Raum des Hauses empfindet, wenn die Straßenbahn vorbeifährt. Der andere Junge existierte durch seine Stimme: von derselben Beschaffenheit wie die Vollendung seiner Jahre, ein bißchen spöttisch durch die Unschlüssigkeit, die mangelnde Kontinuität der Stimme Heranwachsender. Eine Stimme, die nicht durch das Innerste hervorgebracht schien, sondern durch die in ihrem Wirken äußerst sonderbare Strömung eines schmalen, gezähmten Flusses, der sich jedoch in fremdem, geheimnisvollen Besitz weiß. Der Türsteher verharrte immer noch ungerührt in der Schwere einer Wolke, die zu gleichen Anteilen Schlamm und weißes Emaille vermengt. Anfangs hatten die Jungen ihn argwöhnisch beäugt, jetzt reihten sie ihn in dieselbe Kategorie ein wie das für die Taufen weiß gestrichene Gitter oder die plumpen Vitrinen, wo die Meßgewänder für die Tage großen Zeremonials aufbewahrt wurden, eines davon, das Leo XIII. gesandt hatte, aus weißer Seide, die dergestalt mit silbernen Fäden durchwirkt war, daß es, wenn man es betrachtete, eine sahnige Empfindung auslöste. Die beiden Jungen schauten nicht mehr zurück, es begann eine Verrichtung, bei der die Fingerspitzen durch die Schnelligkeit der Blicke angetrieben wurden. Zusammen mit dem Eisenring schwangen sie ein feines Leinenband. Schnell packten die Finger die Füßchen des Papageis, der auf seinem Mittagsthron saß – die beiden gekreuzten Holzstäbe genügten, ihm eine herrschaftliche Herberge zu errichten – und eine undurchdringliche Siesta zur Schau stellte, einziger Augenblick, in dem er nicht den Lerchenkäfig betrachtete, um dort doch ein bißchen notwendige Verwirrung zu stiften. Während einer der Jungen versuchte, das zarte Papageienbein zu strecken, gelang es dem anderen, mit dem Leinenbändchen eine Schleife zu binden, an der nun der Eisenring hing. Sie schauten den Türsteher an, nicht um gehindert zu werden, sondern um zu begreifen, was er tun würde, sobald sie sich wieder zurückgezogen hätten. Der Türsteher verharrte reglos, ohne beizupflichten oder sonst eine Reaktion zu zeigen. Er lächelte nicht, aber er würde auch nicht aufstehen, um jenen glänzenden Papageienfuß in seine Hände zu nehmen und mit fetter Entschlossenheit die kurze, aber von netter Unentschlossenheit geleitete Verrichtung wieder rückgängig zu machen. Ein paar leichte Schläge, eine Hand, die aus den festgehaltenen Beinchen eine Leiter macht, der Ring fällt herab, und das Leinenband hält ihn zurück. Diese kleine Schleife eröffnete im Leben des Papageis grenzenlose Perspektiven. Das Leinenband des Papageis hatte sich um die Stange gewickelt, auf der er saß, womit er einen neuen Jahrmarkt des Vergnügens gewonnen hatte. Er machte einen gewagten kleinen Hüpfer und fiel dergestalt, daß eines seiner Beinchen durch den Eisenring schlüpfte, während er es mit einem Flügelschlag schaffte, sich an dem Leinenband festzuhalten. Es war eine heftige Bewegung, er hätte sie nicht lange ausdehnen können, aber es war zu erkennen, daß der Papagei einen Heidenspaß daran hatte, sich zu erkühnen, daran, diesen kleinen Schabernack zu wagen. Mit diesem kleinen Risiko tilgte er die Monotonie der Nachmittage, denn der Sonne unablässige Refraktion auf den Federn des Papageis löste kurze Feuersbrünste farbiger Fülle aus, die ihn daran hinderten einzudösen, ohne sogleich zu sehen, wie präzise Stecknadeln zuerst herumflogen - impressionistische Kartographie - und sich dann - strukturierter Pfeil Chiricos - mit der Präzision eines Korollars in einem eisigen Grab nicht so sehr in das Fleisch, sondern in jene köstliche Schwellung bohrten, die das optische Rund des Papageis umgab. Er krümmte sich mit trägen Bewegungen, die nur die Hitze entschuldbar machte, fiel auf das kleine Leinenband, genau wie ein Greis, dessen Jugend bei eleganten Schwimmwettbewerben verstrichen ist und dem in der Stunde seines Todes, da er sich auf die Ewigkeit stützt, eine Schwimmblase wachsen würde, die seinen Eintritt in eine unbekannte, doch durch die Erinnerung an seine maritimen Ruhmestaten gelinderte Welt begünstigte, so daß seine Seele den gewaltsamen Abschied von seinem Körper nicht so spürte, wenn er sich nicht weiterhin auf einen mittleren Punkt flüssigen Gleichgewichts stützte und einen Endpunkt der Ruhe in der letzten Richtung der Woge suchte.

Eines seiner aufsehenerregendsten Wagnisse, das er fast immer zeigte, bevor er zum Käfig der Lerchen flog, bestand darin, daß er plötzlich das plumpe Trapez verließ, auf dem er saß, und versuchte, den am Leinenband hängenden Ring zu ergreifen. Wenn er es vollbracht hatte, drückte er ihn zwischen seinen Fingern und stieß einen matten Schrei aus. Wegen der nervlichen Erschütterung verlor er vereinzelte Federbüschel, zeigte jedoch mit wilder Entschlossenheit den festgehaltenen Ring, erwachte dann aus der Erstarrung, ließ ihn los, als wären seine Finger von einem weißen Schlamm umgeben, und deutete, indem er seine Federn entplusterte, eine Gebärde dünkelhafter Zufriedenheit an. Seltener kam es vor, daß seine Krallen, wenn er die Augen schloß und sprang, den Ring nicht zu fassen bekamen, so daß er zu Boden fiel und im Davongehen das stille Aufwallen seines Gefieders mit schorfigen, lehmigen Anhaftungen bedeckte, als wenn in einer alten Kultur plötzlich der Sonnenkult unterginge, weil zwergenhafte, krummbeinige Krieger ihre Nächte damit zubrächten, aus dem geheiligten Schlamm eines uralten Flusses Götzenbilder zu verfertigen. Doch mit beschmutzten Federn und während er noch gleich dem Wort einer Uhr das schäbige Lachen einer Schürze voll grober Knollen erklingen ließ, mußte er eigentlich in der Krause mürben Fleisches, die sein Auge umgab, Rettung finden, denn in der Brechung der Tangente des Sonnenstrahls lebte der Karfunkel seines Gefieders auf und gewann den für das Sehen notwendigen Glanz. Sein Auge mit dem verbrauchten und ehrwürdigen Fleisch, die Albe seiner Federn, an der noch Schlammspritzer klebten, waren bis zu dem Augenblick, da sich die Krallen zusammenkrampften, sein größter Luxus. Und plötzlich dann der Sonnengeist, der diesen ungraziösen Vogel für einen Augenblick zerstört, vernichtet, ihn verklärt, so daß nach dieser Blendung nur noch seine niederstürzende Nase übrigbleibt, und die verkrampften Krallen, die erneut gescheitert sind, die im Abgrund nicht des Ringes Halt gefunden haben.

Dieselbe Sonne bringt, als sie sich auf ein paar Stoppeln stürzt, die an den Wänden des Palastes sprießen, einen Kreis hervor, wo paradoxerweise die Farben der Feuchtigkeit vorherrschen, und unterstreicht damit die violetten Inseln, die kleinen Pinienhaine und die Blümchen aus österlichem Draht.

So ging das Spiel weiter, und so besuchte der Türsteher auch jeden Tag das Café an der Ecke, zu einer besonderen Zeit fern der gewöhnlichen Stunden von Frühstück oder Vesper. Der Mann, der, ohne leprakrank zu sein, sich das Gesicht mit einer Zeitung bedeckte; der, der das außergewöhnliche, doch alltägliche und bescheidene Wunder vollbrachte, die Flüssigkeit einzunehmen, indem er die Lippen an ein Trinkglas setzte; der, der versuchte, über die Schulter seines Nachbarn hinweg die Zeitung zu lesen, und dabei gedankenlos die Asche seiner Zigarette in eine leergetrunkene Kaffeetasse stippte; der, der im Geist einen geschlossenen Balkon durchmißt und mit langen Silben nach der Zeit fragt. Sie alle verwandeln zu einer besonderen

Zeit das gewöhnliche Eckcafé in das Geisterschiff oder die Triere, die mit in Brand gestecktem Bug seit mehr als hundert Jahren ihre Kreuzfahrt fortsetzt.

Er durchquerte den Hof, die Schnelligkeit, mit der er es tat, tilgte das Gefühl des Schleichens, das er jedoch durch die Stille, in der er zur großen Tür gelangte, wieder zurückgewann und noch verstärkte, wenn er dann auf der Straße vor dem Lichtgepränge den Blick nicht niederschlug. Angesichts der faden Linearität der Straße, die sich vor ihm andeutete, setzte er sein Schleichen fort, verspürte jedoch keinerlei Drang zur Besitznahme, zur Rechtfertigung. Er kam zum Café. Die sonderbaren und ergötzlichen Personen, die sich dort befanden, bewegten sich nicht und waren auch nicht darauf aus, neue Kombinationen einzugehen. Erstarrt, tot in einer Eisscholle, hätten sie Wikinger, Bretonen, Normannen sein können, die im Schnee den Spuren einer verschollenen Expedition gefolgt waren. Der Überdruß bildete den dichten, metallischen Nebel, und die Asche, die von der Zigarette brach, konnte ebenso ein Todesbefehl sein wie eine jähe Art und Weise, jenen Stein des Überdrusses in einem weißen Schlammsee zu verlassen. Der Türsteher gesellte sich zu dieser regungslosen Fauna, wechselte ein paar schnelle

Worte mit dem Mann, der dort bediente, und ging von neuem in den Hof. In diesem Augenblick hatte der Papagei die Augen weich geschlossen, und zwei Kinder in tiefroter Tunika drangen in den Hof, um verstohlen die Zeiger der Uhr sprechen zu sehen. Eine sonderbare Person, die ebenfalls in jenem Hofe weilte, jedoch mit derart oberflächlicher Feierlichkeit, daß sie uns zwar Erwähnung abringt, doch nicht die rühmliche Erwähnung, die wir ganz dem Papagei und dem Türsteher, dem begeisterten Liebhaber unnützer Geheimnisse vorbehalten.

Bisweilen zeigte sich in seinen allzu leichten Schritten der Schatten einer Buße. Seine abendlichen Ausflüge ins Café waren an eine Verzükkung geknüpft: Zu einer festgesetzten Zeit erwartete er einen liebenswerten weichen Kometen. Ein sanftes Seidenrascheln und violettes Gleißen, und über die Seitentreppe stieg Monsignore herab. Gelegentlich war der Abstieg einsam, doch fast immer hatte er einen Begleiter, der Seiner Eminenz hartnäckig etwas ins Ohr flüsterte. Wenn er an ihm vorbeiging, krümmte er sich radikal. Monsignore sagte mit halberloschener Stimme zu ihm: »Du kannst gehen.« Diese Worte gaben ihm Auftrieb, er schlug den Weg zum Café nicht mit dem verknautschten Schritt ein, den er an sich hatte, wenn dieses Wort nicht in seine Ohren fiel und sich dort nicht wie die anmutige Muße einer Flöte ausbreitete. Wenn sich der Abend näherte, wartete er immer auf diese Erscheinung. Fortwährend kehrte diese warme, vollkommene Empfindung wieder, und dann hielt seine Unruhe an, wenn er an die trostlosen künftigen Tage dachte, da Monsignore an ihm vorbeigehen würde, ohne den Satz zu sagen, der ihn so glücklich machte. Zwei oder drei Tage, an denen die für ihn so blendende Erscheinung ihren Satz zu sagen vergaß, und er hatte an dem Tag, an dem er ihn erneut hörte, den Eindruck, in ein erhabenes, köstliches Paradies einzugehen. Doch diese Erscheinung nahm extreme und sonderbare Formen an, wenn sie mit dem Augenblick zusammenfiel, da der Papagei in den Lerchenkäfig flog. Dann lag ihm das »Du kannst gehen« wie ein den Gesetzen des Siedens ausgesetzter Deckel auf dem Ohr, wenn er ins Café an der Ecke kam. Diese anfangs noch übereinanderliegenden, dann aber durchgerührten und vermengten Gefühle versetzten ihn in die angenehme Stimmung, ein inexistentes Geheimnis zu leben, ohne Anfang und Ende, Tau oder grobe Anhaftung, genug jedoch, in dem Schlafenden eine fortschreitende gefährliche Geschwätzigkeit zu erzeugen, bis er langsam wieder in seine sich ins Unendliche ausdehnende Klausur zurückfällt.

Es war schon Abend, und der Türsteher ging erneut in das Café an der Ecke, was, wie wir zuvor bereits gesagt haben, für einen Türsteher, der den violetten Hof eines Bischofssitzes bewachte, soviel bedeutete, wie zum letzten Matrosen des Geisterschiffs zu werden. »Du kannst gehen, Eckcafé, Leinenband, Eisenring« waren in ihm zu rauhen, brausenden Mythologien geworden, zu Karren, die Städte versetzten. Er vereinzelte immer die Großartigkeit dieses »Du kannst gehen«, wie ein Philosoph, der die Trefflichkeit der homerischen Patronymika unterstreicht: »der Meister der Rosse, der mit der langen Nase, der die Erde umgürtet«. Er sah, wie sich vom Ende der Straße her eine Überschwemmung ausbreitete, daß die verstohlenen Knaben, die in den Hof kamen, um nach der Zeit zu sehen oder an das glänzende Bein des Papageis das Leinenband zu binden, hineintauchten, herumsprangen, die Überschwemmung voranzutreiben schienen, um sie in weniger gefährlichen Fragmenten zu verlängern, oder bereits die vordringenden Wasser durchfurchten und dabei kurze Strudel aufwallen ließen. Er öffnete den Mund, als er den sonderbaren Stoß verspürte, der ihn traf, und fiel zu Boden. Behende und schweigend schafften es die Jungen, ihn zu der großen Tür zu schleppen, die den violetten Hof beschirmt. An der anderen Ecke lachte eine andere Gruppe träge und selbstzufrieden. In der Nacht strahlte dann in den unteren Zimmern die Beleuchtung, die den Gepflogenheiten entsprach. Sie konnten für ihn nur eine schon recht alte Decke finden, die sich, ohne jemals benutzt worden zu sein, in vielen geheimen Herbsten verbraucht zu haben schien.

Doch ganz anders war das Los des Papageis. Seine Glieder streckten sich, um so mehr knackten manche Gelenke. Er glaubte, seine Flugkraft würde gerade nur so lange reichen, um bis zum Lerchenkäfig zu gelangen. Die Überschwemmung breitete sich unerschrocken aus, füllte die große Form, die ihr zugewiesen war, genauso ruhig wie ein Handwerker ohne vorheriges Maßnehmen in die Gußform die ausreichende Menge Bronze gießt, so daß sie allmählich die Krümmung eines Armes erwirbt oder die Wölbung eines Fußes, der einer Diana oder einer russischen Windhündin gehören kann. Die Wolken trieb ein Wind voran, der sie zwang, plumpe Formen anzunehmen: ein Wagen, ein Stall, eine Barke von Sorolla. Als er in den Hof des Bischofssitzes kam, stob der Wind zu einem Wirbel auf und schien mit den Behängen zu spielen, verwandelte sie in das Zelt eines Zirkus, den man am einzigen Tag des Jahres sieht, an dem der Elefant wütend alle Stützpfosten zertrümmert und sich dann in unverwechselbarem Phlegma ausruht, ohne die verursachten Verwüstungen auch nur zu sehen. Eine bebende Kraft durchströmte den Papagei und verlieh ihm eine gewaltige Flugfähigkeit. Drei Nächte lang hielt der Schub unvermindert an, des Umstandes ungeachtet, daß er nur noch über eine von einem Felsenkegel eingenommene Fläche und über ein verloschenes Meer flog, wo Wogen auf Wogen folgten wie die unsichtbaren Klagen einer erkalteten Natur. Der ungraziöse Vogel fiel in dem Augenblick herab, als ihn die Hülle der Woge sanft auffing. Alles schien darauf hinzudeuten, daß ihn jene Abfolge eleganter Wölbungen bis zum Ende seiner Tage auf einer Sandbank absetzen würde. Der durch die rasende Gewalt der aufgezwungenen Geschwindigkeit etwas erschlaffte Körper des Papageis hatte seine Färbungen verloren und sich außerstande erklärt, die Schlankheit des Sonnenstrahls zu brechen. An seinem Bein, das eher violett war ob des Mangels an Durchblutung denn durch des Türstehers Pflege glänzte, hing noch dasselbe Leinenband, das noch denselben Ring aus Eisen hielt. Er entsann sich, daß dieser ihm ein Halt und der Beginn eines Spiels gewesen war, bei dem er hinuntersprang, um im Fall den Ring mit seinen Krallen zu ergreifen, ihn aber manchmal auch von einem matten, lächerlichen und gequetschten Schrei begleitet in die Höhe streckte, während sein Auge in allen Schillerfarben eines düsteren Zornes irisierte. Er könnte seinen Zeitvertreib erneut beginnen, es müßten dabei nur die Felsen ringsumher den Käfig der Lerchen ersetzen. Die Erfahrung des langen Fluges spornte seine Kühnheit an. Den Eisenring nur in seinen Krallen zu halten erschien ihm als kleine Heldentat, die im Bereiche jeglicher Walhalla lag. Die imposante Bühnenausstattung forderte respektable Wandlungsfähigkeit, eine Tat, die alle überzeugen könnte. Er machte den üblichen, recht unbeholfenen Sprung, wobei er seine Krallen ausstreckte, um den Gegenstand in der Kürze des durchsprungenen Raumes zu packen, steckte den Hals durch den Ring, und so wie früher, wenn er ihn in seinen Fingern hielt, erstrebte er jetzt die Anmut seines Halses durch jene eiserne Begrenzung. Seine Muskeln, seine Konturen, die Kürze seines Halses mußte jene letzte Errungenschaft zur Schau tragen. Er dachte, sein Hals sei für den Ring gemacht, da seine Füße die Neigung hatten, sich zusammenzukrampfen. Jene mit großen Kartonverkleidungen gestaltete wagnerianische Kulisse erforderte die Opferung seines Halses, um den heruntergefallenen Ring zu fangen. Wie ein König, der sich verneigt, wäre der Ring an seinem Hals. Es erklang nicht der nach jeder seiner Heldentaten übliche matte Schrei. Der Kurvenverlauf des Wellenschlags veränderte sich durch die folgende Woge, die den nicht mehr dienlichen Körper des trotzigen Vogels mit sich führte und ihn im Kreis der Felsen niederlegte. Die unbestimmbare Kontinuität des Schaumes an jenem kalten, unbelebten Ende der Welt ersetzt jetzt den Käfig der Lerchen, die der Papagei einst so verwirrt hatte, weil er die stumme Vollkommenheit befleckte, die des Nachts der Hof des Bischofssitzes zeigte.

Für ein schnelles Ende

Eine gnoseologische Menschenmenge stürzte in gedankenträchtiger Stille auf den Marktplatz, besetzt dann seine Mitte. Von weitem läßt ihr Verhalten Geschrei vermuten, und aus der Nähe eine Prozession und Augen von Kapuzenträgern. Es waren transparente, stoische junge Leute, Jünger des Galopanes von Numidien, die das entschlossenste Kontingent zu dem von der Sekte empfohlenen kollektiven Selbstmord beisteuerten. Diese Hingabe hatte Galopanes erreicht, indem er jungen Leuten zwischen fünfzehn und zwanzig Jahren die Pforten seiner Gärten öffnete; so gelang es ihm, dreihundertdreiunddreißig entschlossene junge Leute zusammenzubringen, die sich am Ende seiner Lektionen in den kollektiven Selbstmord stürzen sollten. Die Sekte mit dem Namen *Die Entführung des Tamburins durch den abnehmenden Mond* unterlag sichtbar östlichen Einflüssen, und deshalb schickten viele Athener Väter, die mehr das Eidos als das Ideal des feinen Lebens liebten, ihre Söhne nur in diese Gärten, um sich die goldene Verschwendung zu erlauben, daß ihre Söhne, ohne je zu reisen, von Exotismen reden könnten.

Der erste Gedanke an die Gründung der *Entführung des Tamburins* war Galopanes von Numidien gekommen, als er beobachtet hatte, wie der König Kuk Lak, da er sich in der Verlegenheit sah, eine Gruppe von Verschwörern hinrichten zu müssen, diese dem bedrohlichen Leben, das sie führten, hatte entreißen müssen, um sie mit gummiartiger Gewalt in die Moira oder den Tartaros zu stürzen, je nachdem, ob sie mehr der entstehenden oder der sterbenden Religion anhingen. Als Galopanes die Verrenkungen und unebenmäßigen, verfehlten Gebärden der hingerichteten Jünglinge sah, beschloß er, neue Lehrpläne zu ersinnen. Ein Garten freundschaftlicher Gespräche, wo die Jünglinge Verschwörer oder Freunde wären, wo sie sich aber nach und nach darauf vorbereiten könnten, in den Tod einzugehen, wenn die Wünsche des Königs zu erfüllen wären. So lautete einer der Sätze, die in der Akademie zu befolgen waren: Ein Jüngling mit zerzaustem Haar oder einer, der Hunde oder Schildkröten spazierenführt, ist so verfehlt oder wahnwitzig wie der Löwe, der im Urwald nicht zwei- oder dreimal täglich brüllt. Mit diesen Hilfsmitteln bestritten die Jünglinge ihre Unterhaltungen und bereiteten sich allmählich auf das Sterben vor, während der König seine Mußestunden verfeinerte und in aller Ruhe die besten Köpfe suchte.

Die dreihundertdreiunddreißig stoischen Jünglinge waren herbeigeeilt, um den Kurs mit dem kollektiven Selbstmord abzuschließen. In der Mitte des Platzes gab es ein Quadrat unerbittlicher Flammen, in das sich die Jünglinge stürzten, als tauchten sie in ein Schwimmbekken. Das Feuer handelte schweigsam, und das Korps ging schweigend darauf zu. Diese Entschlossenheit und Unmöglichkeit eines Verrats, denn keiner der transparenten Jünglinge war ausgeblieben, konnte nur durch die verstreuten Banden zeitgenössischer Stoiker erreicht worden sein. Selbst bei Sankt Mauritius dem Griechen zeigt sich ganz deutlich: Man wartet auf den Tod, man geht dem Tod nicht entgegen, man verlängert den Spaziergang nicht bis in den Tod. Nur die zeitgenössischen Stoiker konnten diese Eigenheit vorweisen; kein Verräter, kein gewiefter, eilfertiger Jüngling war zum König gelaufen, um ihm zu berichten, daß die Jünglinge, die er für den Krieg zu benutzen pflegte, mit behutsamen Schritten ihre eigenen Opferungen mit ihrem eigenen Körper vor dem Feuer darbrachten. Die Lektionen der letzten

Stoiker fanden unter aller Augen im Garten statt. Ihre Behutsamkeit, ihre bedächtigen Sätze machten sie für die Neugierigen jeder aufrührerischen Entscheidung abhold. Ganz in der Nähe, in stählernen Kellern, hatte eine Bande chinesischer Konservativer im Verein mit Diamantenfälschern aus Glasgow die Geheimgesellschaft *Der massakrierte Regenbogen* gegründet. Eigentlich waren sie weder chinesische Konservative noch Diamantenfälscher. Das war nur der Vorwand, um sich im Keller zu versammeln, denn des Nachts gingen sie zu den meistbesuchten Orten der Violine, der Drogen und des Leihgeschäfts. Sie wollten des Königs habhaft werden, damit der Sohn des Anführers, der die natürlich als weiteres Attribut seiner Verwegenheit benutzte Löwennase eines Leprakranken hatte, auf den Thron gesetzt würde, während der Anführer mit seiner Geliebten einen Sommer am Sandstrand von Long Beach genießen sollte.

Die Polizei überwachte die Bande der Chinesen und Fälscher mit großem Aufwand. Doch sie sollten einem Wesensirrtum erliegen, der im nachhinein in zahllose Einzelirrtümer zersplittern würde. Aus diesen Irrtümern sollten dann eine Skulpturengruppe, ein Tod außerhalb aller Kausalität und die Ablösung eines Königs hervorgehen. Es war der Tag, den die Stoiker des Galopanes für den Beginn der kollektiven Selbstmorde ausgewählt hatten. Das Ungestüm, mit dem die Gendarmen aus ihrer Polizeistation aufgetaucht waren, hinderte sie daran, Verdacht zu schöpfen, als sie das langsame, fast pythagorisierte Schreiten der Stoiker sahen. Nach den ersten Feuergarben der Gendarmerie brachen die Stoiker, die schweigend dem Scheiterhaufen entgegengingen, in weitmündige Jubelschreie aus, so daß sich für die wenigen gleichgültigen Zuschauer die blutigen Löcher, die sich nach und nach in den Reihen der stoischen Selbstmörder öffneten, mit dem Gelächter vermengten, das diese zur Antwort gaben. Als sich die Detonationen fortsetzten, wurde das Gelächter immer frenetischer.

Der Hauptmann, der das Erschießungskommando befehligte, hatte eine unbändige Eingebung. Die Situation nach dem Tod seines Onkels, Besitzer eines unsteten, schon vor seinem Dahinscheiden gleichmütig ruinierten Geschäfts für Delfter Keramik, bei dem er seit seinem fünften Lebensjahr gelebt hatte; als der Tod seines Onkels eintrat, zwang er sich, diese Stelle als Hauptmann der Gendarmerie anzunehmen, da sie ihm von einem vierzigjährigen Husarenmajor angeboten wurde, den er bei einem Gedächtnisball zum 14. Juli kennengelernt hatte. Unser künftiger Hauptmann der Gendarmerie hatte als Husarenmajor verkleidet an dem Ball teilgenommen, während der Husarenmajor als franziskanischer Cordelier verkleidet ging. Das war der Grund für ihre Freundschaft, die mit mephistophelischem Lächeln begann, mit dem Warten auf die gewünschte Stelle fortbestand und wie immer mit einem urplötzlichen Schlaganfall endete.

Wenn sich der Major betrank, öffnete er sein Bagdad an Gemeinplätzen. Einer, an den sich der jetzige Gendarmenhauptmann erinnerte, war: *daß ein Husarenangriff die Antithese des kollektiven Selbstmords der Stoiker sei.* Später, nachdem er ein Stipendium für Yale bekommen hatte, um den Bohrer in der eritreischen Kultur und seine Beziehung zum Sonnenkult in der totonakischen Kultur zu studieren, hatte sich dieser Satz erhellt; als er damals, vermengt mit den Rülpsern eines Glases Burgunder und der darauf folgenden unerreichbaren Reihe von Bieren, hervorgequollen war, hatte er ihn für sibyllinisch gehalten. Ein unscheinbarer Philosophiestudent in Yale, der argwöhnte, er habe seine Berufung verfehlt, da er eigentlich protestantischer Pastor werden und eine Zucht für fußlahme japanische Papageien besitzen wollte, offenbarte ihm in einer einzigen Lektion das Geheimnis dessen, was er seinerzeit für eine Eingebung des in Ekstase befindlichen Majors gehalten hatte.

Der Marktplatz bot diagonal die Gegenwart des Museums und einer Kellerei für syrakusische Weine. Der Hauptmann beschloß, beider Dienste in Anspruch zu nehmen. So schickte er, während die Detonationen langsam nachließen, zwiegeteilte Kontingente aus. Die einen brachten Amphoren und *Lekythosaryballos* aus dem Museum, und die anderen brachten schäumenden Burgunder aus der Kellerei. Die Stoiker verwandelten sich allmählich in Stirnrunzelnde, wenngleich nicht in Mißgelaunte. Der Anführer, Galopanes von Numidien, hatte einen Plan entworfen, bei dem von vornherein alle Fluchtwege versperrt waren. Tage bevor die stoischen Selbstmörder endgültig auf den Platz strömten, hatte er sich unter dem Vorwand, für die bedeutsame Festlichkeit Etiketten und Preise begutachten zu wollen, die Weinbestände aus der Kellerei bringen lassen. Mit dem Argument, er habe andere Vorlieben und das Fest sei noch zu fern, hatte er sie zurückgegeben, doch die Flaschen enthielten bei ihrer Rückkehr die schnellstwirkenden Gifte. Die Gendarmen, die in diesen Amphoren blutgleiche Flüssigkeiten, herzliche Versöhnungen mit dem Keim und dem Verlauf der Zeit zu befördern glaubten, sahen ganz entgeistert zu, wie die Stoiker trinkend in die Moira stürzten. Von einem wohldosierten, bewußt ausgelösten kausalen Mysterium umgeben, starben die Stoiker, als sie sich wieder mit dem Leben versöhnten, und der Wein öffnete ihnen die Pforte zur vollkommenen Ataraxie.

Der König überwachte die Verschwörer, die keine Verschwörer waren, doch er wußte nichts von den Stoikern des Galopanes. Er glaubte, wie das anfangs auch der Hauptmann getan hatte, es handelte sich um den Auftritt der falschen Verschwörer. Von einem geeigneten Fenster aus betrachtete er den ersten Zusammenprall zwischen Gendarmen und Stoikern, doch als er später beobachtete, wie sie die weinreichen Amphoren an die Lippen derer führten, die er für Verschwörer hielt, glaubte er an einen Verrat dieser Einheit, und verzweifelt, unstet, deckungheischend eilte er davon, um eine andre Garnison, bei der er Treue zu finden glaubte, herbeizurufen.

Auf diesen Appell und seine Nachricht hin, schoß die Truppe davon wie eine vielstufige Rakete, die es Endymion gestattet hätte, Frau Luna zu küssen. Doch zwischen dem Appell und dem hastigen Ausrücken waren Dinge geschehen, die des Erinnerns wert sind. In jener Kaserne arbeitete bei der Aufbereitung der Nitrate ein verzweifelter Pazifist, Gründer der Gesellschaft *Das mitgeteilte Weiß,* deren Ziel es war, durch sukzessive Transplantationen, eine vortreffliche Leistung der schweizerischen Laboratoristik, aus dem Tiger eine Giraffe und aus dem Adler eine Spottdrossel zu machen; heimlich nahm er an den Versammlungen der Stoiker teil; bei seinen Verdauungsspaziergängen entdeckte er bisweilen in jenen Unterhaltungen die Vorbereitung des Todes, und er wußte, an welchem Abend die Stoiker auf den Platz strömen würden. Am Tag davor drang er kühn in das Lager der Kaserne ein und löste an jeder Flinte Präzisionsschrauben, wodurch er den Sprengstoff derart schwächte, daß das Blei wenige Fuß vor dem Schützen niederfiel und sich nur die Detonationsaureole einer vermessenen Entladung bildete.

Als die Truppen aus der Kaserne an den Platz kamen und sahen, daß die Gendarmen und die mutmaßlichen Verschwörer die Amphore der Freundschaft hoben, feuerten sie sofort Salve um Salve ab. Die Stoiker fielen bereits wegen des in die Amphoren geschmuggelten Giftes um, doch die Truppen aus der Kaserne bewunderten ihre eigene Zielsicherheit, die verblendende Raserei hinderte sie daran zu sehen, daß das Blei ob des dürftigen Antriebs in einer kläglichen Parabel herunterfiel. Als sie glaubten, der mit vorzüglicher Geometrie geschleuderte Tod träfe die Brust der Verschwörer, verlieh der Zufall ihren Gewißheiten ein hinter dem Erreichten verborgenes Zaudern, jedoch noch weit entfernt von den vorbereiteten *Fehlern* der Schachmeister, die es verstehen, ein partielles Scheitern zu verteilen, oder dem unvollkommenen Detail mancher Porträts von Goya, das Watteauhündchen mit dem Kopf eines Tagalenkriegers, das mit Arglist so gemacht ist, damit das Ganze eine unterschwellige Erlesenheit erwirbt.

Der König bildete eine Skulpturengruppe. Hinter dem Fenster betrachtete er den höchst rührigen verfeinerten Tod und die auf ewig nutzlosen barbarischen Detonationen. Als die Truppen aus der Kaserne auf den Platz kamen, und er ihre Detonationen sah, erließ er eilends einen Aufruf an die anderen Kasernen und verkündete ihnen ausgedehnten und strahlend weißen Frieden.

Das Gros seiner Truppen überwachte die Grenzen. Der Anführer der Bande streichelte seine Windschutzscheiben und überwachte jedes mögliche Stottern seiner Maschinengewehre. Als der Anführer an der Polizeistation des Gendarmeriehauptmanns vorbeikam, gewahrte er eine schreckliche Abwesenheit, später dann, als sie seitens der Truppen aus der Kaserne keinen Widerstand fanden, dachten sie, all diese vieldeutigen Krieger scharten sich gerade um den König, um eine Königsverteidigung vorzubereiten.

Als sie am Platz vorbeikamen, glaubten sie, die zurückgekehrten Grenztruppen lägen in offenem Kampf mit blutsverwandten Anwärtern. Hier dachten sie schon, es wäre ihnen ein leichtes, den König in ihre Gewalt zu bringen, jedoch äußerst gefährlich, die Fenster des neuen Königs zu öffnen, da sie auf diesen Platz gingen, bei dem man nicht wußte, wann es den letzten Toten geben und an wen er sich schließlich klammern würde.

Der Feldzug der unlauteren Verschwörer war wie ein langer Arm, der in die Wellen taucht. Sie konnten durch den Palast schlüpfen, bis sie zum Vorzimmer gelangten. Hier gingen der Anführer und sein Sohn, der mit der Löwennase eines Leprakranken, listig und verschlagen voran, die Finger als Arbeitsgerät, das sich an der Drosselader als königsmordend erweist.

Ein Jahr danach dehnt und streckt sich der Anführer mit seiner Geliebten im Sand von Long Beach. Er betrachtet die Pampelmusenschale, die das Wasser davonträgt, und den zahnlosen Kamm mit einer roten Haarsträhne, den das Wasser auf den Sand werfen will.

Spiel der Enthauptungen

Wang Lung war Magier und haßte den Kaiser; aus demütiger Ferne liebte er die Kaiserin. Er begehrte einen sibirischen Magnetstein, einen blauen Fuchs; auch hegte er den Gedanken, sich auf den Thron zu setzen. Um so, durch sein auf den Brauch gestütztes Blut, seinen Flitter, seine Stäbe und seine verzauberten Tauben in zerbrechliche Nardengerten und Nester wilder Tauben verwandeln und damit seine Kunststücke aus den konzentrischen Kreisen befreien zu können. Er bereiste als Eppichhändler verkleidet die Dörfer des Nordens, überquerte den Gelben Fluß, drang in die Häfen vor. Während er in den Herbergen schlief, bewachte *Asche der Mühle am Fluß,* bucklig und verwaist, die Truhen. In seinen Truhen verwahrte er im oberen Fach die duftenden Hölzer und das Pulver, Mutter der fliegenden Blumen. Im Geheimfach verwahrte er die Kandelaber, die Bänder für die Beine seiner Lieblingstaube und das *Tao-te-King.* Sie wachte mit doppelt finsterer Miene, wenn sie an den Hof kamen, wegen der großen Anzahl ruinierter Höflinge und deren jüngsten Söhnen, die sonderbare Freundschaften mit den Banditen der Berge pflegten.

Er war an den Hof gekommen, und nachdem er sich am ersten Tag erholt hatte, betrat er am Abend den Hauptsaal des Kaiserpalastes. Der Kaiser und die hohen Würdenträger erwarteten ihn; als er eintrat, überraschte er zeremoniöses Gekicher. Die Magie hatte ihn nicht davon befreit, daß ihn die hohen Würdenträger insgeheim als minderwertig betrachteten. Als guter Magier war er weihevoll, war er bedächtig; dennoch konnte er, als er in den Saal schritt, einen Schnee in seinem Gedächtnis nicht vermeiden, zauderte. Was zunächst als seidener Storch in seine Augen gedrungen war, erwies sich jetzt, bei genauerem Auskosten, als ein Perlenmuster, das sich mehrmals um einen Kasack schlang, als das Detail, das einen Ärmel zierte, um ihn aufzubauschen, dort füglicher denn eine Hüfte gürtend. Aus den fernen Kälten hatten sich Herren eingefunden, um bei der Magie zuzuschauen, und es entwich jenes kompakte Getuschel, das die Chinesen ausdünsten, wenn sie versammelt sind. Etwas von dem dichten Geviert der Würdenträger entfernt befand sich das Kaiserpaar. Der Kaiser, unbeirrbar, als betrachtete er eine Hinrichtung. Die Kaiserin, beirrbar, als beobachtete sie einen Schmetterling, der sich auf dem in einer Ecke des Salons ruhenden großen Schwert aus der Zeit des *Wächters der Stille* ausruhte.

Als Jahrmarktsmagier mit ungestümen Eingebungen beging er den provinziellen Fehler, zuerst seine Neuerungen zu zeigen. Seine Kunst bestand in einer erheblichen Verfeinerung der Fingertechnik - er ließ in derselben Zeit, in der ein Virtuose die ganze Tastatur durcheilt, eine Münze um alle Finger gleiten -, verbunden mit der Musik und dem Feuerwerk. Nach der Einteilung, die aus seinen endlos langen Lehrjahren hervorgegangen war, machte er morgens die Übungen zur Paarung von Muskel und Augenblick, entweder um einen Ring verschwinden zu lassen oder um einer Taube, zwei Fasanen oder einer langen Reihe von Gänsen plötzliches Leben einzuhauchen. Nachmittags dirigierte, ergründete er sein Orchester aus fünf Geigenlehrern und einem Pikkolospieler; er richtete sein Augenmerk auf den kleinen rosa Abgrund eines Takts, um in der Pause ein Abenteuer unterzubringen. Und am Abend, in seiner dunkelsten Kammer verborgen, bereitete er seine Effekte mit dem farbenprächtigen Feuerwerk vor, um den großen Korb voll bunter Birnen zu erzeugen, der am Himmel zu einem Regen von Pfeilen, Handschuhen und Sternen zerbirst.

Trotz seiner Neuerungen verschwisterte ihn seine Sammlung an Lehrsätzen mit dem Stil der Magie in der großen Zeit. Er pflegte zu sagen, die Magie bestehe darin, eine Münze über alle Muskeln des Körpers laufen zu lassen, und zwar in der Zeitspanne, die der Zuschauer braucht, um eine Gebärde zu machen, um uns zu beweisen und sich selbst zu beweisen, daß er keine Statue ist, wie etwa eine Veränderung in der Stellung des Armes, die Beine etwas mehr ausstrecken, oder blinzeln, den Hals bewegen. Während dies geschieht, fügte er mit grausamer Bosheit hinzu, muß der Magier den Eindruck erwecken, er blase auf einer unsichtbaren Flöte. Auch er unsichtbar. In einer verzweifelten Situation, in der ihm ein ruinierter Mandarin diese schmerzliche Frage an den Kopf warf: Warum verwendest du die Kunst der Magie nicht dazu, die Toten zum Leben zu erwecken?, antwortete Wang Lung weihevoll: Weil ich aus den Eingeweiden der Toten eine Taube, zwei Fasane, eine lange Reihe von Gänsen holen kann. Wang Lung wußte, daß jene im Palast versammelte geballte Feierlichkeit nach den Neuerungen das Gewöhnliche wollte, und schon legte er seinen Satz Klingen zurecht, um die Jungfer zu köpfen, die sich langweilte, während das Publikum Beifall klatschte. Unter den Jungfern der Kaiserin machte sich die schlankste von allen schon bereit, als eine Geste des Kaisers kundgab, daß er dem Ende des magischen Spektakels einen anderen Verlauf geben wollte. Er tat mit zeremonieller Kälte seinen Wunsch dar, dieser Trick, für den Magier der plebejischste von allen, möge am Hals der Kaiserin ausgeführt werden. Die Zuschauer zitterten, weil sie glaubten, einige Intrigen am Hof hätten so zusammengewirkt, daß er ein Ende beschlossen hätte, in dem sich das Haarsträubende mit der geheimen Freude der Höflinge vermengen würde. So Ling, zart und überaus gewandt, deutete das Zeichen richtig und ging zu Wang Lung, der bereits die Spiegel und die Klingen, die Winkel zwischen Lichteinfall und Schatten vorbereitete, um so den Hals einer Ratte mit dem der Kaiserin zur Deckung zu bringen. Die Klinge fiel mehrfach herab und hob sich wieder, wobei sie jedesmal den Hals getrennt entblößte, ohne einen Tropfen Blut und zur Entelechie geworden. So Ling, zart und überaus gewandt, erhob sich, nachdem Wang Lung seinen vulgären letzten Trick gezeigt hatte, und nahm wieder neben dem Kaiser Platz.

Der Kaiser reagierte auf den vulgärsten Trick, den ein Magier vor dem Zeremoniell des Hofes ausführen kann, indem er Wang Lung ins Gefängnis werfen ließ. Mit dieser Entscheidung versuchte er zu beweisen, daß die Autorität über der Magie stand, und außerdem bereitete er sichtlich eine Falle vor: So Ling sollte den Magier inkognito besuchen und die Flucht in die kalten Regionen des Nordens in die Wege leiten. Im Grunde reagierte der Kaiser auf die Darbietung des Magiers mit einer noch vulgäreren, und dies nicht vor dem Hof, sondern vor dem Volk. Das Volk glaubte, der Kaiser habe, indem er den Magier ins Gefängnis warf, verzweifelt seine letzte Karte ausgespielt, da er gegen Kräfte kämpfte, die er nicht bannen konnte, wie etwa den schwarzen Blitz. Später dann, als der Magier mit So Ling geflohen war, zeigte sich der Kaiser dem Volk in einer wehmütigen Einsamkeit, die ihn als Angriffsziel neutralisierte. Und so konnte So Ling, die anfangs dem Gefangenen bei ihren Besuchen Brote und Mandeln gebracht hatte, einen Schlitten und zwölf schnellfüßige Hunde beschaffen, um gen Norden zu fliehen, wobei die Verfolgung so unzulänglich war, daß der Schlitten bald seine Glöckchen erklingen lassen konnte.

Das Dorf, dem er sich langsam näherte, erwarb bei Nacht eine gelbe Stofflichkeit mit plötzlich aufflackernden ziegelroten Zungen. Die großen Laternen der reichsten Häuser glichen, wenn sie sich im Herbstwind bewegten, Vögeln, die in ihren Schnäbeln Feuernester trugen. Wenn der Wind auffrischte und die Laternen gegen die Wand stießen, sahen sie erneut wie Vögel aus, denen im Flug die Medaille der Seelen im Fegefeuer gegen die Brust schlägt. Als er die Lichter, die bruchstückhaften Feuer wahrnahm, fühlte sich Wang Lung nacheinander von unvereinbaren Begehren unterschiedlichen Ausmaßes erdolcht. Die Lichter verlockten ihn aus der Ferne und zeigten sich in zahllosen Gesichtern, in Jubelrufen wirren Feuers. Die Flammen, die man an strategischen Punkten entfacht hatte, um die Füchse zu verscheuchen - und der kleine ziegelrote Wächter, der sie schürte -, kletterten und flohen über seinen Rücken und seine Arme und lösten bei ihm ein durch fortgesetztes Kribbeln verstärktes Gliederstrecken aus. Er hielt mit einer trägen Gebärde den Schlitten an und sprang herunter. Im Halbschlaf liegend spürte So Ling, wie er sie in die Decken mummte und die Faust erhob, um mit der Peitsche auf die Hunde einzuschlagen. Auch So Ling sprang herab und klammerte sich um seinen Hals, durchbohrte ihn mit der Gebärde wie mit einer langen Nadel, damit er nicht entkäme. Doch er stieß sie entschlossen in den Schlitten, und da sie keine Ruhe gab, hob er die Hand, als wollte er jene Wange schlagen, die sich so offen darbot. Ein Peitschenhieb den Hunden, und schon entfernten sich die Glöckchen, und Wang Lung schritt weihevoll ins Dorf, nachdem er seinen Unmut abgeschüttelt hatte.

So Ling ließ es geschehen, daß die Hunde des Peitschenhiebs Unendlichkeit verspürten, und dies drei Tage, unterbrochen durch des Wassers Ferne und seine Auffindung, und durch die schleppendere Zeit, in der die Hunde ihre Schnauzen in das Wasser tauchten, um noch lebendige Fische zu verschlingen, wobei sich das Geräusch des Kauens mit dem der Agonie der Fische mengte. Sie schlief und fuhr aus dem Schlaf hoch, um erneut einzuschlafen, während sich der Schlitten bei seinem eigenen und einzigen nächtlichen Licht von einer endlosen Weite nährte. Wenn die Hunde ihre Glöckchen schüttelten, glaubte So Ling in ihrer Einfalt, die Erschöpfung lasse ihre Läufe lahmen, weil die Kälte das Mark aus ihnen sauge.

Die Hände, die die Schlittenhunde führten, wurden nach und nach zu einer einzigen größeren Hand, die ihren Körper mit der gleichen Langsamkeit liebkoste, mit der das Wasser die Koralle formt. So ging es mehrere Nächte lang, bis So Ling, die ihre Augen nun schon ganz geöffnet hatte, erkannte, daß sie aus einem Palast in eine Flucht, aus einer Flucht in ein Feldlager gewechselt war. Und daß derjenige, der sie liebkoste, allmählich vom Liebkosenden zum Räuber und zum Jäger wuchs, ein Schauspiel, das mit den fortlaufenden Liebkosungen immer größer wurde, bis es sich in den Prätendenten des Imperiums verwandelte. Sie nannten ihn den *Königlichen,* und nach einer Heraldik zerbrochener und wiederhergestellter Stufen war man der Meinung, sein Blut sei reiner als das Wen Chius, und er sei der Sohn des Himmels, Wen Chiu indes ein Hund, der aus der Hölle kam. Zu Wen Chiu waren verschiedene Nachrichten über den *Königlichen* gelangt, die ihn als Banditen sahen, der nur die reichen Bauern überfiel, worauf diese ihren Hof verließen, um an einer fernen Tür ein paar Pfirsichkerne zu erbitten. In kluger Voraussicht verhehlten die Höflinge, daß des *Königlichen* Trachten auf den Thron gerichtet war; doch da er im Norden des Reiches operierte, beachtete Wen Chiu ihn nicht, ließ ihn in den Dörfern des Nordens gewähren, als ließe er auf einem Wandbehang ein Ungeheuer weiden, während die Bukoliasten in ihre Hörner blasen. Wie zu erwarten war, mußte die Frau, die einen zwischen Räubertum und königlichem Streben eingeschlossenen Mann umgibt, eine Geliebte sein, die bei kleinen Schlückchen Tee Verrat begeht; die von einem Lager zum anderen zieht, um den Schlaf zu überwachen, der sich im Zelt der Krieger konzentriert. Und in den Korb, den sie mit ein paar Flaschen Wein hereingebracht hatte, einen Kopf zu legen, der mit so anmutiger Makellosigkeit vom Rumpf getrennt ist, daß die Blutstropfen wie wächserne Kirschen aussehen.

Wenden wir uns wieder dem Magier Wang Lung zu, der sich mit Vergnügen sorglos in den Provinzen des Nordens herumtrieb. Wie am Hof verlangte man zum Abschluß immer die Nummern von schlichter Virtuosität: so den Enthauptungstrick; in diesen Dörfern widmete er sich unter Aufgabe der früheren Variationen und Sicherheiten, die der fugierte Stil bot, seinen gefährlichsten Spiralspielen. Anstatt die Gans oder den Pelikan aus seinen Ärmeln zu ziehen, schritt er, die linke Hand am Gürtel, zum Proszenium vor, und währenddessen wurde der Ärmel über die ganze Länge des Armes immer größer, bis er das einem Glockenärmel eigene Ausmaß erreicht hatte; er ging sehr langsam, köderte und variierte dabei die Aufmerksamkeit der Zuschauer, hob die rechte Hand und deutete gen Himmel auf den Möwenschwarm, verharrte in dieser Haltung, bis sich eine, die um den Hals ein Band trug, aus der Gruppe löste, in geöltem Flug herbeikam und in seinen Ärmel schlüpfte. Während die Möwe in der Grotte seines Ärmels

Zuflucht suchte, schien Wang Lung einer Anweisung Djagilews zu folgen, stand seine fröhliche Sicherheit im Gegensatz zu der gespannten, etwas verstimmten Erwartung. Wang Lung, der seine Neigung zur Magie wie am Hofe auch im Dorf bewahrt hatte, dachte voller Traurigkeit, daß die Erwartung des Publikums, wäre diese Nummer durch die Gans ersetzt worden, die ein peitschender und plumper Schuß aus seinem Ärmel treibt, ihre konstante Frequenz beibehalten hätte. Dieser Gedanke bedrückte ihn vorübergehend, doch ihm war die Ballettgebärde lieber, der mit handwerklichem Hochmut erhobene Zeigefinger und die Möwe, die sich aus dem Schwarm löste und herbeiflog, um in seinem Ärmel heimisch zu werden.

So verging die Zeit, bis ein Hauptmann, der bei einem Besuch in der Hauptstadt die Geschichte vom Magier und seiner Flucht gehört hatte, beschloß, zu seiner Vorstellung zu gehen, ihn danach zu verhören und dann an den Hof zu schicken, damit dort über sein Schicksal entschieden würde. Als er vor dem Kaiser stand, blieb dieser ungerührt und befahl, ihn in ein Militärgefängnis zu stecken, tat dies jedoch mit derselben abwesenden Gebärde, mit der er das Todesurteil für den Dieb des Lieblingspferdes eines seiner Lieblinge unterschrieben hätte.

Im Kerker sah er sich gezwungen, seine frühere Technik aufzugeben; er mußte seine Spielereien im Hinblick auf die völlige Unmöglichkeit von Zuschauern aufbauen und ausführen. War es ein teuflisches Begehren oder das Bedürfnis, die außergewöhnliche Heftigkeit seiner inneren Spannungen zu umreißen, oder einfach nur ein engelhaftes Spiel, darauf angelegt, den Menschen an kalten Tagen den Hut vom Kopf zu reißen, wovon er sich in seiner Neigung zur Magie leiten ließ? Ohne darauf zu antworten, können wir jetzt ergänzend sagen, daß er sich gezwungen sah, auf sein kleines Orchester und seinen zauberhaften zoologischen Garten zu verzichten, so daß er sich seine neuesten Kunststücke aus den Mauern saugen mußte. Er stellte den Holzteller an den Rand des Tisches, versetzte ihn durch Druck mit dem Ringfinger in eine Drehbewegung, bis er ihn in die Mitte der Zelle emporgehoben hatte. Während er dem Teller nur für einen Augenblick einen Drehimpuls einhämmerte, bewirkte der Zeigefinger bei der Gabel, indem er mit gleichförmig beschleunigter Anfangsgeschwindigkeit einen Schlag ausführte, daß sie sich in die Mitte des Tellers pflanzte. Wenn der Gefängniswärter zurückkam, beschränkte er sich mit frostiger, mißmutiger Miene darauf, sie herauszuziehen, denn während der Teller schon auf dem Rückweg zum Tisch war, sorgte Wang Lung als *Divertissement* dafür, daß diese Rückkehr sich sehr langsam gestaltete, wobei sich die Gabel hineinbohrte wie ein Reiter, der von einem Wirbelsturm aus dem Sattel gehoben worden ist und seine Füße in die feuchte Erde rammt. Der Gefängniswärter hatte die unbestimmte Vorstellung, Wang Lung beim Spaziergang im Hof gesehen zu haben, obwohl seine Zellentür verschlossen war. Um ihn von diesem Mißbehagen zu erlösen, das die Gegenwart des Außersinnlichen heraufbeschwört, sagte ihm Wang Lung den Tod einer Tochter in den Reisprovinzen vorher. Als dieser Tod einige Tage später bestätigt wurde, gelang Wang Lung einer seiner unfaßlichsten Kunstgriffe: sich zu entgöttlichen und auf der für ihn äußerst vorteilhaften Warte der Prophetie niederzulassen. Von da an brachte ihm der Gefängniswärter das gleiche durchscheinende, mit Zitronensaft beträufelte Wasser, das er immer mit den Wachsoldaten trank.

So Ling begriff allmählich, daß die Geliebte des Prätendenten zu sein, nachdem man Kaiserin gewesen ist, eine Position nebulöser, grobschlächtiger Gefühlsduselei war. Sie glaubte, nach ihrer banalen Flucht nun den Prätendenten zu betrügen, bedeute, erneut zur klassischen Linie ihrer Sippe zurückzukehren. Als sie wieder vor dem Kaiser stand, wurde er nicht gewahr, daß sie kleinlaut, wortkarg und wehrlos war. Daß sie von der Orthodoxie und der Häresie abgewichen war und sich wie eine von einer Perserkatze in Augenschein genommene Uhr im Kreise drehte. Anfangs sagte er zu So Ling, der *Königliche* sei ein Bandit, sie kenne ihn ja zur Genüge, sie habe nichts zu fürchten. Später sah es anders aus; nun hatte der *Königliche* die geduldigsten gelehrten Schreiber zu Rate gezogen, und sie hatten ihn mit besonderen und besonders gut bezahlten Zitaten aus dem *Heiligen Buch* davon in Kenntnis gesetzt, daß schwer in seinem Blute ein paar Tropfen Goldes wogen, die stärker sich vermehrten als die des Kaisers. Später weinte So Ling oder nahm die Haltung dessen an, der hinter seinem verbissenen Schweigen ein Geheimnis birgt. Es nützte ihr nichts; noch barscher als man den Magier in unterirdischer Kerkerhaft gewiesen hatte, wurde So Ling ins Gefängnis geworfen und zum Spott gezwungen, eine Kette aus Holzperlen von der Größe eines präparierten Ochsenauges um den Hals zu tragen. Wer sich ihr näherte, um sie zu sehen, hielt sie für eine dumme Bäuerin oder eine durch den Alkohol verrückt gewordene Kaiserin.

Der *Königliche* zog ein Scharmützel auf, um die Verteidigungsanlagen der Stadt zu prüfen. Er glaubte, jeder dieser Sturmangriffe, bei denen ihm ein Stadtteil in die Hände fiel, stehe für ein Bruchstück dessen, was bereits ihm gehörte, obwohl er dann zum Rückzug blasen und die Verluste zählen mußte. Doch dieses Bruchstück, das ihm gehörte, solange gekämpft wurde, trug bereits das Zeichen der möglichen Gesamtsumme, die sich ergeben würde, wenn er die noch verbleibenden Viertel angegriffen hätte. Es war ihm schon gelungen, bis zum Beginn der Märkte vorzudringen, und als er durch die arme Vorstadt zog, wo das Gefängnis stand, konnte er fast unbemerkt Wang Lung in Freiheit setzen. Die grimmige Fratze des *Königlichen*, der noch Kriegsbemalung trug, fiel aus dem Rahmen, denn als er in das Gefängnis kam, um Freiheit zu schenken, sah es ob seiner Raserei so aus, als würde er mit den Soldaten kämpfen, damit sie ihn nicht in den Kerker sperrten. Wang Lung dagegen trug ironische Naivität zur Schau. Die Krieger hatten Zeit, ein Wunder zu gewahren: Aus Wang Lungs Ärmel wuchs, bis er drei Meter Länge hatte, ein Ast, der rote Sprosse trieb. Wang Lung warf den Ast gen Himmel und drückte dem *Königlichen* die Hand. Die Truppen des Kaisers griffen zielbewußt an, und der Prätendent mußte den Rückzug antreten, das eroberte Viertel aufgeben, und nahm Wang Lung in Richtung Nordprovinzen mit.

Im Lager des *Königlichen* brachte man Wang Lung huldvolle Ehrfurcht entgegen. Man glaubte, er sei aus einer besonderen Substanz, und verlangte von ihm nicht die ständige Bekundung seiner Macht. Wenn ihm zum Beispiel ein Bauer ein starkes, klassisch beschlagenes Pferd zeigte, tat er dies unbeschwert, fürchtete nicht, es bräche etwa die bestehende Beziehung zwischen dem Pferd, dem Hufeisen und dem Feingefühl, mit dem er die Muskeln des Pferdes kraulte, damit es uns mit diesem Metall und diesen Nägeln künstlich ins Gesicht schaut. Wenn Wang davonging, stand das Pferd mit seinen vier Beinen auf dem Boden, und auch der Bauer ging davon. So konnte er mit seinen Kräften in Gemeinschaft leben und sah sich nicht, da er in einer Ferne wohnte, unter dem Zwang, die tägliche Verteilung seiner angeborenen Impulse zu verlieren. Er glitt so durch eine hyaline Interkommunikation, spürte, wie er im Lichtstaub schwebte, wobei er aus der Ferne das Feuer jeder Lebensregung beobachtete und von nahem das vegetative Wiederkäuen des Atems mied. So genoß er, durch die Transparenz, mit der sie auf ihn zurückstrahlten, ein unendliches Gesichtsfeld, ähnlich den primitiven Bildern, wo sich Verlockungen mit Skorpionsgesicht bemühen, einen Jüngling zu blenden, der sich nicht in den Abgrund stürzen will, während dort im Hintergrund der Leinwand eine überglückliche Köchin zu sehen ist, die gleichzeitig die Gelegenheit nutzt, vom Fenster aus ein Schauspiel zu betrachten, auf das sie mit nervösem Lachen reagiert, und erneut den Kopf herausstreckt, bereit, die Neugier bis zu einer Müdigkeit zu treiben, die im Unendlichen mündet.

Der Prätendent setzte sein Heer wieder instand und stürmte erneut gegen die Stadt an. Da die Vorbereitung der Verteidigung bedächtiger gewesen war, kam der Angriff überraschend. Die Wechselfälle der vorherigen Begegnung verloren sich, und die angewandte Strategie war nun wie eine Orgelpfeifenprobe. Man drückte eine kleine Taste, auf der stand: *organo tempestoso (tempête),* und es antwortete ein klingendes Astwerk, oder es antwortete, wenn man *Flöte* drückte, eine Leere, und wir kamen zu der Überzeugung, daß die Orgel keine Luft hatte. So griff der *Königliche* ein zuvor ausgewähltes Bruchstück, ein Viertel an, und alle Verteidigungspunkte waren so verbissen verriegelt, daß fast auf der Stelle der Rückzug einsetzte. Aber in diesem Viertel gab es ein Gefängnis, und da konnte So Ling voller Bangen ihre Freiheit wiedergewinnen. Der Prätendent musterte sie kurz, und So Ling ging bereits langsam davon, als sie auf das Pferd geworfen, gefesselt und in das Lager gebracht wurde, aus dem sie geflohen war.

Der *Königliche* arbeitete seine Grausamkeit in Elfenbein aus. Er wollte, daß sich der Magier und So Ling unerwartet bei der Veranstaltung sähen, die er vorbereitet hatte, um seiner Niederlage eine strahlende Maskierung zu verschaffen. Nach der Ruhepause, dem Händeklatschen, den Gitarren, nach den Waffen- und den Lassospielen trat Schweigen für des Magiers Auftritt ein. Aus zwei Zelten, die zu beiden Seiten der Bretterbühne standen, traten Wang Lung und die Kaiserin, begrüßten sich, lachten, verbeugten sich mit abgerundeter Kälte. Eine Begegnung, die nichts von einer Flucht, dem Haß wegen des Ausgesetztseins in der Steppe, Erinnerung, Begehren, Schlitten, Kälte oder Wärme unter Decken offenbarte. Sie traten beide zurück und setzten sich auf ihre Sessel, von welchen der So Lings näher beim *Königlichen* stand. Die Menge schluckte ihr Schweigen und stieß es als kaltes Unbehagen wieder aus. Der Prätendent schlug auf den Gong. Die Pferde brachte man auf die andere Seite des Flusses, der das Lager begrenzte, damit das dreiste Lärmen ihrer Hufe nicht zu hören war.

Der *Königliche* gab per Handzeichen einen nervösen Befehl. Er wollte, daß das Fest mit dem Akt der Enthauptung beginne. Wang nickte, und voller Anmut ging So Ling zum Tisch und bot sich der Klinge dar. Man sah ihren Kopf mit höchst bedenklicher Klarheit eine momentane Unabhängigkeit erlangen, doch dann verneigte sie sich schon und ging erneut zu ihrem Sessel, der näher beim *Königlichen* stand. Ein paar Zügellose, die sich rühmten, eingeweiht zu sein, hatten erwartet, der Prätendent hätte Wang geheime Weisungen erteilt, oder dieser würde eine Ohnmacht heucheln, damit die Klinge bis zum Ende niederfiele. Doch der Magier zog den reinen Auftritt vor, seinen flinken Kunstgriff, bei dem er unterbrach, für einen Augenblick die Trennung vollzog, doch ohne auch nur einen Finger an das große Werk geheimer, fremder Kontinuität zu legen. Anstand umgab seine Vorführungen, und Anstand war für ihn nichts anderes als die Gleichheit, die sich aus dem *timor Dei* ergibt.

Am Hof war der Applaus tödlicher Samt. Er war immer ein Ende. Er verstärkte nur die nachfolgende Stille. Im Lager des *Königlichen* war der nun schon rhythmische Applaus die Einleitung zur Raserei. Nachdem mit dieser für den Magier selbst so ärgerlichen Nummer begonnen war, konnte er die Fertigkeiten, die er sich während seines Aufenthaltes im Gefängnis angeeignet hatte, mit seiner klassischen Geschicklichkeit verknüpfen, die Finger zwischen dem Feuerwerk und seinem unsichtbaren Orchester umherhuschen zu lassen. Er machte schwindlig, berauschte sich selbst, und das von den wachenden Feuern zerschnittene Lager war wie der große Balg, der zerplatzt, der große Schlauch, der eine Überschwemmung faßt. Doch die, die in den letzten Reihen saßen, die Wankelmütigen, hörten ein Beben wie von sich nähernden Reitern. Sie wiegten nur den Kopf und zogen sich als erste zum Schlafen zurück.

Die Nacht war wohl schon fortgeschritten, als Wang Lung sein Zelt verließ. Eine kalte Stille, begleitet nur vom heiseren Gezirp der taubenetzten Grille, wurde um so schwerer, je weiter er seine Neugier vorwärtstrieb. Er sah So Ling, die ebenfalls aus ihrem Zelt trat und ihm durch Zeichen zu verstehen gab, daß sie seiner Neugier ein Ende setzen würde. Was ging vor sich? Mit einer ungeheuren Heerschar war der Kaiser ausgerückt, um den *Königlichen* zu jagen. Als ihm die Späher gerade noch zur rechten Zeit von der großen Zahl der nahenden Kriegerhorden Kenntnis gaben, ließ der Prätendent das Lager abbrechen. Er nutzte die stille Abgeschiedenheit, die als Bodensatz der großen Nacht des Magiers zurückgeblieben war und auf dem Paar in ganz besonderer Weise lastete, um in wilder Flucht nach Norden zu entkommen. Er dachte, wenn er den Magier und So Ling zurückließ, würde sich der Zorn des Kaisers legen. Wieder einer seiner Irrtümer. Als der Kaiser die Reste des verlassenen Lagers sah, fürchtete er einen Hinterhalt und setzte die Verfolgung mit noch größerem Ingrimm fort. Er verfolgte ihn so lange, bis er ihn erneut in das Gebiet getrieben hatte, wo die Räuber des Nordens leben. Dann gab er auf, er meinte, es sei besser, in seinem Reich noch einen Räuber mehr zu haben, als einen hingerichteten Prätendenten. Als sich die Feuchtigkeit, die Harnische und die durchnäßte Eule in einem Kreis befanden, trat er den Rückzug an.

Schon ist Wang Lung in So Lings Zelt, streckt sich auf den Fellen aus. Wang streichelt sie mit ungehöriger Hast, seine Gesten werden nach und nach geschmeidiger, während sie sich auf die Kehle zubewegen. So Ling lachte mit derselben Wonne, mit der sie die Klinge näherkommen sah, als verberge sie sich vor einer plötzlichen Dunkelheit, die sie von den Zuschauern abschneidet. Eine entfesselte Neugier beherrschte die Finger des Magiers, die unentwegt und stetig zudrückten, während So Ling weiterlachte, weil sie glaubte, es sei das Spiel von vorhin mit den Spiegeln, bei dem sie *für die Kehrseite so aussah,* als hätte sie die Klinge zerteilt, und dabei nur ein bißchen den Atem anhalten mußte.

Dann stellte Wang Lung mit derselben Neugier, die ihn bereits erstarren ließ, nach und nach das rhythmische Pochen seiner Atmung ein, bis er sich völlig apathisiert hatte, und so betrat er unsichtbar entschlossen das lichterfüllte Labyrinth. Die Leichname des Magiers und So Lings sahen aus, als sei der Lebenshauch noch nicht entwichen, als flössen zwischen diesen Toden die Jahrhunderte eines anderen Stils. Bei dem einen zeigte sich die unaufhörliche Spirale seiner Neugier; beim anderen das Lächeln einer völligen Gefügigkeit, eines klassischen Vertrauens. In der Erstarrung machten sie ihre Stile sichtbar.

Die zurückkehrenden Truppen des Kaisers machten hinter der Bretterbühne halt. Er ordnete eine Ruhepause an, während er sich in die Zone wagte, wo es keine Zuschauer gab. Er trat in das Zelt, und als er die Leichen betrachtete, verfiel er unversehens in eine besondere Art von Sangeswahn. Die Arme hochgereckt, ging er mit unveränderlichem Antlitz von den Kinderliedern zu den Kriegsgesängen über. Er verließ das Zelt und ging unter demselben leichten und getragenen Gesang zum Brunnen, der immer der gefährliche Hinterhalt in jedem Lager ist, und stürzte sich hinein. Er drang in die fortschreitende Dunkelheit vor, mit einem Stimmton, der von den feindlichen Göttern gemacht war, um das Denken von der Stimme zu scheiden, und diese wiederum von jeglicher dunklen Weite.

Der *Königliche* kehrte zurück, verfolgte das kaisertreue Heer und vergrößerte seine Kontingente. Er verlor die Spur des Heeres, das er suchte, und das brachte ihn auf den Gedanken, sie seien bereit, ihn zu empfangen, und dies nicht mit einem Empfang am Hofe. Als sein Heer und das des Kaisers aufeinandertrafen, gewahrte er, daß etwas Hoffnungsträchtiges vor sich ging. Beim Aufeinandertreffen verharrte das Heer des Kaisers regungslos; das des *Königlichen* rückte vor, und in ein und demselben Schweigen vereinten sich die beiden Lager. Die Versteinerung des kaiserlichen Heeres war darauf zurückzuführen, daß der Kaiser nicht zurückgekommen war, so daß die Truppen noch in Rührteuchformation verharrten; so konnte sich ihm das andere Heer hinzugesellen, es durch neue Divisionen, Farben und Waffen erweitern. Der *Königliche* ging über die Bretterbühne hinaus, kam zu dem Zelt und nahm ungerührt die beiden Leichen und ihre unverständlichen Mienen wahr. Er ging noch weiter und kam bis zu dem Fluß, der dem Lager als natürliche Begrenzung diente. Er stellte fest, daß ein Flamingoschnabel in die Eingeweide eines Körpers drang, der in seidene Gewänder eingehüllt war, und in diese krallten sich Insignien, die als einzigartig zu bezeichnen waren. Er streckte noch die Hände empor, und der halbgeöffnete Mund war im Umriß des Gesangs erstarrt. Nachdem er im Brunnen versunken war, hatten ihn unterirdische Wasser bis zum Fluß gezerrt, der nun sein allmähliches Zerstörungswerk mit Vögeln und Insekten begann. Mit makelloser Eleganz zog er des Kaisers Leichnam hinter sich her und zeigte ihn den Truppen. Er legte den Magier, So Ling und den Kaiser auf denselben Schlitten und gab Befehl zum Eilmarsch auf die Hauptstadt des Reiches.

Als der *Königliche* in Sicht kam, drängte sich die Stadt zu höchster Konzentration zusammen. Die Späher beschauten die Vereinigung der beiden Heere und die Körper, die auf dem Schlitten zurückkehrten. Beim Anblick der Mauern ließ der

Prätendent ein schräges Holzgerüst errichten, wo er die drei Leichen auf Zweige und Blätter bettete, so daß sie ein Relief auf pflanzlichem Hintergrund bildeten. Einige Neugierige, die sich vor die Mauern wagten, konnten so Genaueres erfahren, das sie dann an die innerhalb der Mauern Sinnenden weitergaben. Sie sahen Figuren, die sich in gleichmäßig beschleunigten Spiralen entfalteten. Der Kaiser, mit dem Loch, das der Flamingoschnabel unter seiner linken Brustwarze hinterlassen hatte, streckte immer noch seine Arme empor, stieß weiterhin seine Romanzen hervor. Die innerhalb der Mauern dachten, dieser Gesang beruhe darauf, daß der *Königliche* So Ling enthauptet habe, um sich an ihr für den Verrat zu rächen; der Kaiser habe gerade für die Flucht seiner Feinde gedankt, als sich ein unfaßbares Horoskop entlud und der Schnabel des Flamingos ihm das Herz zerriß. Der Magier blieb endgültig der, bei dem die Flucht, die Rückkehr und der Hals So Lings Neugier weckten; eine passive Neugier, die, wenn sie ihre düstere Vollkommenheit erlangte, den Atem hemmen und Antwort auf die Fragen geben konnte, die uns ausgepeitschte Bogenschützen senden.

Nachdem er die Leichen drei Tage lang auf dem schrägen Holzgerüst ausgestellt hatte, nahm er eine riesige, mit duftendem Harz benetzte Gerte und gewährte den Zweigen auf dem Totenlager Feuer. Als das Feuer erlosch, wichen die Schaulustigen, die vor den Mauern spazierengingen, in unbändiger Verwirrung zurück. Sie waren fortan von einer Komplexität gezeichnet, die es ihnen verbot, mit derart verschwenderischer Ruhe zu sprechen oder spazierenzugehen, wie sie es getan hatten, bevor sie dieser Vernichtung der Todesplastik beiwohnten.

Der *Königliche* legte sich fünfzig Jahre auf den Thron. Kein mit einer harzigen Gerte entzündetes Feuer deutete auf einen Anfang oder einen Abschied hin. Den Schaulustigen, die die Leichen auf dem Holzgerüst gesehen hatten, blieb es nach ihrer Rückkehr in die Stadt verwehrt, sich bei ihren Spaziergängen jenseits der erkennbaren Sehenswürdigkeiten zu bewegen. Später suchten sie häusliche Lösungen, bevorzugten das gemächliche Wachstum ihrer Bäume. Denjenigen, die es nicht gewagt hatten, die Mauern zu verlassen, verblieb dieser geheime innere Strudel, die Bereitschaft, den ersten auftauchenden Rauch als Vorzeichen hinzunehmen, wie das beharrliche Kreischen eines Vogels, der ein Gerücht befördert.

Wenn die neuen Magier den Hof besuchten, bot der Kaiser immer an, den Akt der Enthauptung an seinem eigenen Kopf vollziehen zu lassen. Und wenn er sich wieder auf dem Thron niederließ, heuchelten die Höflinge eisiges Staunen und fielen alsbald in ihre Regungslosigkeit zurück. Zu sichtbar war das Blendwerk jenes Augenblicks geworden, in dem sich sein freigesetzter Kopf zu einer dunklen Eroberung anschickte, und den die Höflinge nicht einmal nach dem Zeremoniell mit dem entsetzten Senken der Lider zusammenfallen ließen. Die Augen der Höflinge folgten dem abgetrennten Kopf vielmehr mit übertriebener Aufmerksamkeit, als zermahlten sie ein Insekt in einem Keramikgefäß.

Von den Höflingen befragt, wie der entsetzlichen Dürre der Darbietungen, die auf den Tod des *Königlichen* folgten, abzuhelfen sei, verfügte das *Kaiserliche Lohan-Kloster,* es sei notwendig, die Totenfeiern am großen Tor abzuhalten, wo die Schritte derer, die sich aus den Mauern wagten, mit den Vorsichtigeren, die nur die Vertikalität der Mauern überwachten, zusammentrafen. Drei Tage lang wurde sein Leichnam in die Häute und Metalle seiner königlichen Würde eingehüllt gezeigt; man zeigte ihn von Tau, von Sonne begleitet, und am dritten Tag, als der Regen kam, blieb er in marmorner Einsamkeit zurück, denn die Schaulustigen flohen ... *Der Eisvogel* versuchte beharrlich, seinen Körper durch einen Ring aus gehämmertem Silber zu zwängen. Der Falke, edler Herrscher über seinen abgrundtiefen Sturz, öffnete die Kreisform, bis er sie in Kurs und Widerkurs verwandelt hatte und sie so zum Geist der Steppe machte. Der andere Falke, klein und schillernd, kratzte voller Wut an einem Finger, der sich unaufhörlich drehte.

Krebse, Schwalben

Eugenio Sofonisco, Schmied, widmete den Sonntagmorgen dem Eintreiben der Rechnungen für das bearbeitete Eisen. Er verließ das goldene Ineinemfort seiner Schmiede und ging in zerstreuter Schräge in das Haus der Ortsgewaltigen. Es war nicht zu erkennen, ob er Grieche oder der Sohn von Griechen war. Zur Vollendung kam er nur, wenn ihn die glühende Heiterkeit des Metalls umgab. Er wahrte eine Vergeßlichkeit, die ihn dazu brachte, beim Eintreiben der Rechnungen unregelmäßig, aber unerbittlich zu sein. Er kam pfeifend immer wieder, aber er kam wieder und vergaß nicht. Er mußte in das Haus des Philologen, der ein Zaumgebiß für das junge Pferd des Sohnes seiner Geliebten bei ihm in Auftrag gegeben hatte, und auch wenn ihm der Kammerdiener entgegentrat, war Sofonisco davon überzeugt, daß der Philologe durch die Hand seines Kammerdieners die Zahlungen zu leisten hatte, die die Sonntage mästeten. In klingender Münze zu kassieren hieß für ihn, die wechselseitige Ewigkeit zu bewahren, derer seine Arbeit bedurfte. Während er das Eisen bearbeitete, erhielten ihn die Funken im augenblicklichen Gold, im Sterngeblinzel. Wenn er die Münzen entgegennahm, hatte er den Eindruck, man gebe ihm dieselben Funken zurück, erstarrt und wie Brot geschnitten.

Wiewohl scharfsinnig und beredt, erweckte er gerne den Anschein, jämmerlich und tränenselig zu sein. An dem Sonntag, an dem er zum Haus des Philologen ging, betrat er, schräg wie gewohnt, die Arena, und als er den langen Hof überquerte, den er hinter sich bringen mußte, bevor er an die erste Tür klopfen konnte, sah er in der Mitte des Hofes einen Sattel mit einer Inschrift erlauchter Kritzeleien in arabischer Schrift. Er erleuchtete seine Fingerspitzen, indem er sie über die Wärme des Leders und die Kälte der Kritzeleien aus Lissabonner Argentum gleiten ließ. Auf seine Ablenkung gestützt, ging er zuversichtlich weiter, als der Hausverwalter des Philologen mit seiner Stimme den Hof, den Platz und die Ortschaft ausfüllte. Unverschämtheit, sagte er, hierher zu kommen, wenn man Sie nicht gerufen hat, Sie kriechen uns mit der Spitze Ihres Gepfeifes in die Ohren und fangen an, den Sattel zu befingern, der Ihrer Wollust nicht bedarf. Orosmes, böser Hauch. Du kommst nie, und heute, da es dir einfällt, ist mein Herr, der

Philologe, zum Onkel eines Meteorologen von den Bahamas gegangen, der uns besucht, und ist weder hier noch hat er einen Grund dazu. Sie kommen, um Geld einzutreiben, und nicht um das Silber von Sätteln zu streicheln, die Ihnen nicht gehören. Zuerst machen Sie die Dinge schlecht, und dann streicheln Sie ihre Schlechtigkeit. Ein Schmied mit heimlichen Gelüsten. Du tarnst dich als zerstreuter Liebhaber des Argentums, aber in deiner Faust sieht man die Rolle mit den Rechnungen, die Zettel mit den sorgfältigen Aufzeichnungen. Du tust, als wärst du zerstreut und streichelst, aber dein Endpunkt ist, das Taschentuch mit noch schmutzigerem Sand zu verknoten, und mit den Münzen, auf denen du dich zurücklehnst und fett wirst. Ich will dich hier nicht mehr sehen, du tauchst gefälligst hier nur für den Augenblick auf, der dir zusteht, streckst die Hand aus und dann gehst du wieder. Du hast hier an keinem Sattel das Silber zu streicheln. Die Stimme verstummte, die Wagen dieses Hesekiel verschwanden, und Sofonisco sprang aus seiner Zerstreuung in einen langsamen, verstohlenen Rückzug.

Am folgenden Sonntag erhob er sich mit unbändigem Schwung, um das Eintreiben im Hause des Philologen noch einmal zu wiederholen. Er fühlte sich durch das Geschrei des Hausverwalters beschämt, zauderte und sagte seiner Frau, wie dringlich es sei, dieses Geld einzutreiben, und welches Unbehagen ihn zu Hause festhielt. Sofoniscos Frau zog andere Schuhe an, strich sich die Kleider glatt und schlug den Weg zum Haus des Philologen ein. Sie vergaß, den Sattel zu streicheln, bevor ihre Hand sich dreimal auf den Türklopfer senkte.

Es kam nicht der Hausverwalter heraus, sondern die Gemahlin des Philologen. Wesenlos und unbeachtet, solange ihr Gemahl im Hause war, nahm sie, wenn dieser verreiste, eine berichtigende Haltung ein, und maßte sich während der Abwesenheit des Gemahls an, den Hausverwalter umzukrempeln und zu demütigen. Sie hatte ihm befohlen, beim Geschirrspülen zu helfen, den Federwisch beiseite zu legen und sein ständiges Herbeigerenne beim leisesten Anzeichen ihrer Gegenwart, die er doch nur mit geziertem Gezauder erfülle, zu unterlassen. Sie hatte die Herabwürdigung der edlen Zerstreuung Sofoniscos gesehen, und wie dieser durch die Grausamkeit und das Gekreische des Hausverwalters gedemütigt worden war. Und jetzt wollte sie ihm den Weg säubern, sich versöhnen.

Als der Wunsch, das Geld zu kassieren, geäußert wurde, antwortete sie unter ständigem

Katzbuckeln, ihr Gemahl setze die sonntäglichen Besuche bei dem Meteorologen von den Bahamas fort, da sie viel über den Einfluß der birmesischen Literatur auf das 2. Jahrhundert der Christlichen Ära zu reden hätten. Sie habe kein Geld im Haus, aber sie werde sich bemühen, die Zahlung in irgendeiner Form zu leisten. Sie ortete einen fernen Fingerzeig. Ah, folgen Sie mir, sagte sie. Sie eskortierte sie durch Korridore, bis sie in eine Art Kälteoase kamen, sie waren im Kühlraum des Hauses. Sie zeigte ihr eine ordentliche Rinderkeule, die da hing. Sie gehört Ihnen, sagte sie, ich tausche sie Ihnen gegen die Quittung ein. Im Augenblick kann ich Sie nicht auf andere Weise bezahlen. Vielleicht wird Ihnen am kommenden Sonntag der Hausverwalter ein paar Münzen überbringen, die Ihnen mein Gemahl, der Philologe, zukommen läßt. Aber nein, sagte sie, als wäre ihr ein Licht aufgegangen, ich will Sie lieber jetzt gleich bezahlen. Sie gehört Ihnen, nehmen Sie sie mit, wie es Ihnen belieben mag, aber Sie dürfen sie nicht auf dem Boden nachschleifen, sie erfordert eine kräftige Schulter. Gehen Sie Ihren Gemahl holen. Die Türen werden offen bleiben, damit Sie keine weitere Mühe haben. Mit Verlaub, leben Sie wohl.

Als der Schmied nach Hause kam, stellte er

die Rinderkeule neben der Truhe ab, unschlüssig über den endgültigen Platz des neuen Monumentes, das in seiner Kammer aufragte. Er hatte ein paar Anzüge, die er nie trug, weil er auf eine Feierlichkeit wartete, die ihm nie den Gruß entbot, er wickelte sie in Papier und brachte sie in eine Ecke, wo sie in einem xanthischen Chromatismus entfaltet wurden. Er hievte die Keule empor und versetzte sie in die Achtbarkeit einer Höhe, die die tägliche Scheibe nicht außer Reichweite geraten ließ, und ging hinaus, um Luft zu schnappen, der durchdringende Geruch des Rindes hatte ihn mit einem ausgedehnteren Atem ausgestattet, für den es in der Luft, die er sich einverleiben wollte, der Häufigkeit der Bäume bedurfte.

Die Gemahlin schnürte sich auf und wartete auf die Rückkehr des Schmiedes, um zu Bett zu gehen. Nackt näherte sie sich der Rinderkeule, betrachtete sie, liebkoste sie von weitem mit dem Blick. Das Bein schwitzte so etwas wie einen Blutstropfen aus, der auf ihrer Brust zu zerplatzen drohte. Er zerplatzte nicht; als der Blutstropfen hart auf ihrer Brust aufschlug, überkam sie das Verlangen, das Zimmer abzudunkeln, bevor der Schmied zurückkäme. Sie hatte Angst, ihre Brust zu betrachten, und Angst, den Gemahl zu sehen. Obgleich sie nebeneinander lagen, entfernte sie der Schlaf auf zwei verschiedenen Wegen, die beide an derselben eisernen Tür mit unlesbaren Inschriften endeten. Gewiß, sie war Analphabetin; er dagegen hatte in seiner Kindheit begonnen, Griechisch zu lesen, beim Schuhputzen in Smyrna die Drachmen zu zählen, und in der Stadt Jagüey Grande hatte er bei der Arbeit in der Gießerei Funken erzeugt. Wenn er schlief, nachdem er mit seinem Körper in seine Gemahlin eingedrungen war, brachte er Abwechslung in seinen Traum, wobei ihm in den Sinn kam, er erhalte eine Botschaft von Lagasch, dem Alkalden aus Mesopotamien, der ihm alle seine Ziegen abkaufen wolle. Gegen Ende des Schlafs träumte er, er sei am Beginn der Nacht, an der Stelle, wo die Prägung der günstigen Winde begann.

Nach dem Erwachen hatte die Gemahlin den Mut, ihre Brust zu betrachten. Es war ihr eine karmesinrote Protuberanz entsprossen, die sie zu verbergen suchte, aber ihr späteres Ausmaß veranlaßte sie, mit Sofonisco über die neue Scham zu sprechen, die an ihrem Körper zum Vorschein gekommen war. Er sagte ihr nicht, was sie zu tun hatte. Er fühlte sich zuerst so unschlüssig, dann erwog er das Auftreten von etwas Geheiligtem, folglich achtete er seine Frau mehr denn je, doch er rührte sie nicht mehr an.

Alle Nachbarn erzählten ihr vom Schwarzen Tomás, dessen Vater ein so hohes Alter erreicht hatte, daß die Großväter des Ortes ihn bereits in ihrer Kindheit als alten Mann gekannt hatten. Er hatte Pocken geheilt, war mit einem langen Hirtenstab aus dem Ast eines Orangenbaums herumgegangen, wenn sie schwarz wurden und sich mit weißen verquickten. Dorthin ging sie, und der Schwarze sprach in bedächtigen Silben von unerläßlicher Erinnerung zu ihr: Der Schmied erfreut mich, und ich will mir die Zeit damit vertreiben, ihm seine Gemahlin wie ein Metall zurückzugeben. Zuerst muß ein Tunnel gemacht werden und dann ein Ausgang. Ich habe das Öl für den Tunnel, den Ausgang, bei dem Gott behilflich sein muß, ahne ich nicht voraus. Es gibt ein Nußöl aus Ipuare in Brasilien, das heiß ist und eine Bresche öffnet und den Weg bahnt. Mit diesem geölten Dynamit wird Ihre Kugel verschwinden, nicht verschwinden, sie geht nach innen und sucht einen Ausgang. Wenden Sie es eine Woche lang an, indem Sie einen Tropfen kochend heißen Öls auf dieselbe Stelle fallen lassen, auf die der Blutstropfen gefallen ist. Dann kommen Sie wieder. Etwas muß geschehen. Es wird nicht mehr darauf gewartet, daß etwas geschieht. Früher hatte man, wenn es an der Tür klopfte, das Gefühl, es könnte Gott sein. Heute denkt man, es sei ein Geldeintreiber, und öffnet nicht. Während der Anwendungen mit dem kochenden Öl muß Ihr Gemahl Sie jeden Tag berühren. Den Tunnel haben Sie schon, warten Sie nun auf den Ausgang.

Sie fühlte sich durchdrungen, doch die Durchdringung war auf ihrer Route so gering dosiert, daß sie keinen Schmerz empfand. Der Maulwurf gefolgt vom Marder, der Ameisenbär gefolgt von einer langen Kette durchliefen sie. Sie suchten einen Ausgang, während sie spürte, daß sich die karmesinrote Ausbeulung langsam in die Tiefen ihres Körpers zurückzog. Eines Tages fand sie den Ausgang: Durch eine kariöse Stelle stürzte sich die Ausbeulung hinaus. Von da an begann sie zu zittern, Wasser trinken - Wasser lassen - Wasser trinken wurde zur schrecklichen Verrichtung ihrer Nächte. Sie war davon überzeugt gewesen, sie sei geheilt. Hatte sie nicht selbst gesehen, wie die Ausbeulung auf den Boden gefallen und verschwunden war, wie eine Wolke, die man nie gesehen hatte? Sie mußte erneut den Schwarzen Tomás besuchen. Es hat Tunnel und Ausgang gegeben, sagte er zu ihr, den haben Sie gewonnen. Ich konnte nicht voraussehen, daß eine kariöse Stelle die Pforte sein würde. Jetzt brauchen Sie nicht mehr das Öl, das brennt, sondern eines, das den Blick umfängt. Ich konnte eine kariöse Stelle nicht als Pforte sehen, doch ich kenne dieses Öl von natürlichem Fieber, das sich Ihrer nach und nach bemächtigt, wie eine zur Wolke gewandelte Katze. Gehen Sie nun zum Schwarzen Alberto, und er, der nicht mehr als Diablito tanzt, wird Sie mit den Farben seiner Erinnerungen bedenken, mit den Kombinationen, die Sie für Ihren Traum benötigen. Sie wurden von langsamen Tieren durchlaufen, die seit tausend Jahren ihre Köpfe schütteln. Nun gehen Sie hinaus, folgen Sie mit Ihren Schritten der Lektion, die Ihnen Ihr Blick erteilen wird. Worauf Sie Ihren Fuß auch setzen, Sie müssen es zum Tanzseil machen.

Sie suchte den Schwarzen Alberto auf. Er wohnte in einem Herrenhaus in Marianao, dem Stammsitz der Markgrafen von Bombato, der langsam zur Massenunterkunft verkommen war. Im Jahre 1850 noch gaben die Markgrafen nächtliche Feste, bei denen sie das Kommen der Morgenröte verfluchten. 1870 war daraus ein grauer Bau zur Eintreibung von Steuern geworden. 1876 war es der Stadtstaat einer Mietskaserne in Marianao. Jetzt wurde auf dem Wappen einer Mahagonitür ein Zigarettenstummel aufbewahrt, der drei Stunden später zu Ende geraucht werden sollte. Das Taufbecken empfing täglich die Materie, die Vogelbauer so abstoßend macht. Der Schwarze

Alberto saß auf einem Stück, das die handwerkliche Fertigkeit eines Voltairesessels mit der symbolischen Fertigkeit eines Flaubertsessels verband. Als er sie sah, erhob er sich, um ihr die ersten Rohrstockhiebe zu erteilen.

Hat es schon einen Tunnel gegeben, fragte er sie mit forscher Feierlichkeit. Mit einer reifen Spannkraft, die die Lehre seiner Gebärden bewahrte.

Es hat ihn gegeben, und die Karies diente als Pforte. Doch obwohl ich sah, denn ich war hellwach, wie das Kügelchen auf den Boden prallte, den ich jeden Tag auf Hochglanz bringe, fühle ich mich nicht wohl und leide.

Alberto war in seiner Jugend Diablito gewesen. Als Heranwachsender hatte er nackt getanzt, doch im Lauf der Jahre wuchs seine Sammlung an Tuniken immer mehr an. Nachdem er sich zurückgezogen hatte, zeigte er denjenigen, die ihm der Schwarze Tomás vorbeischickte, seine Sammlungen zu Heilungszwecken. Er entwarf in einem fort die Kleider, die er bei keinem Fest mehr tragen konnte, und seine Frau nähte sie nach, als bestünde darin ihre Treue. Einige verkomplizierten sich zu Labyrinthen von Linnen, Litzen und Seide, die an Nishinski erinnerten, wie ihn Jacques-Emile Blanche sah. Andere wagten sich in die geheimnivolle Gefahr zweier mit der Langsamkeit einer Trireme gegeneinander gesetzter Farben. Er breitete sie nach und nach in Gegenwart von Sofoniscos Gemahlin aus. Die Glöckchenriemen, die Arme und Beine umschlossen, waren ausnahmslos nach den Goldadern auf dem dunkelgrünen Grund des Kupfers bestimmt. Die verschlungensten Kombinationen ließen die Frau des Griechen unbeirrt. Es sah so aus, als würde Alberto gleich zum Ende seiner Tunikasammlung gelangen, und dabei wurde weder er unruhig noch zeigte die Besucherin die Gelassenheit, die sie hatte zurückgewinnen wollen. Schließlich zeigte er unter den letzten Tuniken die lilafarbene, auf deren Rücken eine Taube aufgedruckt war. Die Reife, die Arme und Beine umgaben, waren nicht mehr kreisförmig. Im Schnabel der Taube waren keine Weizenhalme oder Oliven zu sehen, sondern er war sehr rot, sie zeigte ihren Schnabel in doppelter Röte. Alberto notierte kalt in seinem Gedächtnis: weiß, lila und rot. Wie jemand, der aus dem Schlaf zurückkehrt, die Taschentücher beiseite schiebt, die man ihm entgegenstreckt, sagte die Gemahlin des Schmieds: Jetzt bin ich am Ufer.

Sie schickte sich an, den Schwarzen Alberto für seine aufwendigen Dienste zu bezahlen. Da erinnerte sie sich, wie schrecklich es für sie gewesen war, Geld einzutreiben, diese riesige Rinderkeule nach Hause zu bringen. Sie dachte, zu bezahlen sei wie einen Fluch in ein Gesicht zu schleudern, das ihn gar nicht provoziert hat.

Suchen Sie nicht, sagte Alberto zu ihr, nehmen Sie den Knochen der Keule und vergraben Sie ihn. Denken Sie an ihn, doch schauen Sie ihn nicht an. Die Ironie des Tunnels ist die Taube, sie findet immer einen Ausgang. Ich dachte, man müßte Sie wecken, doch Ihr eigenes Blut hat Sie dazu gebracht, die Hand auf einen weißen Körper zu legen. Die weiße Taube und die rote Zunge heften ihren Blick auf das Alltägliche des Morgens.

Indes, gab sie zur Antwort, der Schwarze Tomás riet mir, Sofonisco solle mich berühren, und ich begriff allmählich, daß er sich vor mir fürchtete. Es ging Seltsames mit mir vor, und er floh. Er umarmte mich, zeigte jedoch im Grunde seiner fleischlichen Erkundungen eine Gleichgültigkeit, als hätte ich mich in ein vom Fleisch getrenntes Bild verwandelt. Jetzt wird er sich meiner genauer erinnern, und ich werde wieder Platz in ihm finden können, ohne ihm Angst einzujagen. Dann holte sie aus ihrem Busen einen Faden, den der Schwarze Alberto, immer geistesgegenwärtig, nach und nach herauszog, und als der ganze Faden in wirrem Durcheinander auf dem Boden lag, nahm er ihn und warf ihn in den Schoß seiner Frau, die immer noch nähte und dabei zahm seinen Entwürfen folgte.

Die Jahre, die Sofoniscos Sohn bereits aufwies, waren vergangen, und die pythagoreische Sieben zeigte sich in dem Rhythmus, mit dem er den Ball gegen den Boden schlug. Sein Ungestüm bewegte ihn dazu, ihn so schnell zu schlagen, daß es bisweilen aussah, als suchte der Ball seine Hand wie eine Mauer und im Vertrauen, immer abgeblockt zu werden. Dann wieder stieg der Ball, nachdem er auf dem Boden abgeprallt war, empor, als wollte er die Höhe eines undenkbaren Gespenstes beschreiben. Die Mutter betrachtete ihres Sohnes Ungestüm mit schmachtendem Befremden. Er wuchs, wurde so rot wie der Vater, wenn er die Funken hämmerte. In dem Augenblick, da er den Ball gegen den Boden schlug, schien er blind zu sein, und dann, fast unbeteiligt, machte er es mit Stolz im Blick nicht wieder wett, wenn er die erreichte Höhe sah. Als er eine für den Schlag seiner kleinen Hand unfaßliche Höhe erreichte, drang er damit in eine geheimnisvolle Höhe vor, die er nie wieder würde übertreffen können. Der Ball zögerte, rollte eine unsichtbare Rinne entlang, und auf dem Schirm aus dickem grünem Karton, der die Glühbirne bedeckte, schlief er schließlich ein. Die Mutter des neuen Sofonisco setzte sich frohlockend in Bewegung, um ihren Sohn mit der Freude des Wiederfindens zu bedenken. Als hätte sie die Möglichkeit entdeckt, die Luft mit Fischen zu bevölkern, ging sie in den Hof und holte die Stange, die die Wäscheleine so hoch wie möglich über die Flecken der Erde hob. Sie versetzte dem Ball einen ganz leichten Stoß, damit er vom Schirm herunterrolle. Nicht abzusehen war für sie die gefräßige Geschwindigkeit, die der Ball erreichen würde und die das Fliehen ihrer Beine bei weitem übertraf. Er fiel ihr ins Genick. Der Junge versteckte den Ball, auf daß er am folgenden Tag wieder die gleiche Zeit fülle, die ihm zugewiesen war. Der Schmied ging schlafen, durch ihre tägliche Ration an Hammerschlägen waren seine Muskeln sehr steif geworden und brauchten das geschmeidige Öl des Schlafes. Der Junge hingegen mußte etwas verstecken, um einzuschlafen. Sie nahm ihren Platz ein: schlafen, ohne den zu wecken, der neben ihr lag. Sie träumte, daß sie sich, da sie keine Beine hatte, wie eine Kugel fortbewegte, doch keinen Weg bestimmen konnte. Mit unendlicher Langsamkeit träumte sie, es sprössen ihr Triebe, dann Fortsätze, zum Abschluß Beine. Als sie gerade feststellte, daß sie ging, stieß sie auf den Eingang eines Tunnels. Sie wußte schon Bescheid, der Traum, von ihren

Erinnerungen getragen, war leicht auszulegen, und sie fühlte sich abgespannt, weil sie sich als die Langweiligste der Langweiligen empfand.

Sie verließ den Traum im selben Augenblick, in dem sie den Tunnel betrat, doch als sie erwachte, führte sie die Hand zum Nacken, und da war erneut die karmesinrote Ausbeulung. Da haben wir es ja, sagte sie, wie jemand, der Erwartetes entgegennimmt.

Es kommt wie immer, antwortete Sofonisco, als er erwachte, um Böses zu tun, und das schlimmste ist, daß wir damit fertig werden müssen. Wer bis zum letzten Augenblick, bis es hineingeht, ohne den andern ist, der wird sich nicht erinnern können.

Man muß es ergründen, verfolgen, sagte sie, das ist nun schon das zweite Mal, und es kommt, um zu zerstören, als bearbeitete es einen entspannten Körper, der keine Fortsätze hat, um anzuziehen oder abzuweisen. *Pforte, Tunnel, Karies, die Taube findet den Ausgang,* das alles ist nun in sich zusammengesunken. Und ich weiß nicht, ob der Schwarze Tomás, da der neuerliche Vorfall bei derselben Person eintritt, nicht unaufmerksam sein wird, nicht nur so tun wird, als nähme er die Verfolgung auf, um sich auszuruhen. Ich selbst habe die Möglichkeit der Überraschung getilgt, die mein frisch gewaschener

Körper bieten kann. Ich sehe mich gezwungen, einen Weg zu beschreiten, auf dem alles Begehren erfüllt ist.

Ja, sagte Sofonisco, der sich nicht mehr mit einer Funkenaura umgab, aber das geschieht in meinem Beisein, und ich kann einen so schrecklichen Anblick nicht ertragen, wenn ich schlafe und spüre, daß du dich neben mir niederlegst.

Dann, sagte sie, muß ich nach deinem Wohlbefinden trachten, und obwohl ich schon zu Glas geworden bin, muß ich mich von dir wenden, damit sich deine Augen nicht verdunkeln.

Wenn der Krebs kommt, sagte der Schmied zitternd, sehe ich mich jäh genötigt zurückzuweichen und kann dich nicht mehr berühren. Wenn du mit diesen Widersprüchen kämpfst, die dir aufgezwungen wurden, beuge ich mich vor und sehe, daß verschwimmt, was mir durchsichtig war, daß man es nach einer gefährlichen Unterbrechung wiederfinden muß. Auch wenn du keine Neugierde mehr besitzen magst, ich muß den einen Kunstgriff unbedingt begreifen, die Form, die du erwirbst, um in deine Abgeschiedenheit von meinem Körper zu verfallen. Diese Monotonie, die du erkennen läßt, diese Zudringlichkeit, mit der du dein Begehren überprüfst, offenbart ein Verhärten, das ich verzeihe, denn auf den Wegen, die man dir weisen wird, brauchst du große Undurchlässigkeit, da dich das Licht allmählich mindern, dich in einem Augenblick entdecken würde, in dem dich keiner mehr erkennen kann.

Ach, du, syllabierte die Gemahlin, jetzt kommst du daher und brauchst mich nicht mehr zu berühren. Wenn dieser Skorpion auf meinem Körper auftaucht, labst du dich an den Anstrengungen, die ich unternehme, um ihn mir vom Leib zu schaffen. Wenn du sehen wirst, daß es mir nicht mehr gelingt, ihn mir vom Leib zu schaffen, dann wird deine Reife beginnen. Am nächsten Tag ging sie mit der Aretilloblüte auf der Brust zum Schwarzen Tomás.

Sie überquerte die Bucht. Der Schwarze ließ sie zwischen einer Ecke und einer fünf Meter davon entfernten Laterne stehen. Hastig übergab er ihr das Fläschchen mit dem Öl, und dann löste sich der Schwarze in Luft auf. Die Gemahlin des Schmieds konnte Kreise und Häuser erkennen. Den Halbkreis der Strandlinie, den Kreis der Karusselle, die Funken von Phosphor und Peitschenhieben sprühten, und weiter oben die rosaroten Häuser mit orangen Türen und vanillefarbenen Gitterzäunen. Als Diablito kostümierte Schwarze gingen vom Strand zu den Karussellen und lösten sich dort auf. Zunächst entrollten sie sich auf dem Boden liegend, als hätten sie die Wellen dort zurückgelassen. Sie reckten und streckten sich, doch schon sind sie auf den Beinen, und jetzt stoßen sie schrille Schreie aus, wie Vögel, denen man den Hals abschneidet. Dann lobpreisen sie, und als sie bei den Karussellen stehen, sind ihre Stimmen hart geworden, vereint zur Stimme eines Chores, den man hören muß. Als kauten sie den Schlamm des Jenseits, zerschneiden die Karusselle ihre Gesichter mit Messerschnitten, die einen schrägen, mit Ruß und Kürbis eingeschmierten Mond hinterlassen. Der Kürbis war eine Frucht und ist jetzt eine Maske und hat vor unserem Antlitz die Kleider gewechselt, als verwandelte sich das Fleisch in Knochen und als würde das Skelett durch einen nächtlichen Sonnenstrahl mit Hochzeitskissen aufgepolstert. Jene sich drehenden Häuser scheinen zu entfliehen und stoßen gegen unsere Flanke. Es ist das Unersättliche; die Diablitos gehen auf die Karusselle zu, und diese weisen sie wieder und wieder zum Strand zurück. Die mumifizierten Soldaten halten jener Lava stand. Einer zieht seinen Degen, und durch Zauberkraft taucht eine Hinterbacke auf, und er schlägt sie wie eine Trommel. Ein als venezianischer Seemann verkleidetes siebenjähriges Negerlein, Sohn Albertos, des Tunikasammlers, läßt einen Drachen steigen, um des

Zusammentreffens von Degen und Hintern zu gedenken. Die Gemahlin, Trägerin des Krebses und an die Funken des griechischen Schmieds gewöhnt, weicht von der Ecke zur Laterne zurück. Wenn die Diablitos auf den Strand zurückgeworfen sind, geht sie behutsam bis zur Ecke vor. Wenn die Diablitos bis zum Rand des Karussells kommen, weicht sie bis zur Laterne zurück. Sie empfand panische Angst und ihre Stimme stieg in ihr empor, als wollte sie die Deckelklappen sprengen, doch der Krebs, den sie im Nacken trug, diente ihr als Pfropfen. Der große Druck, der sich in den Chorälen der Schwarzen konzentrierte, wurde etwas traurig, als er gewahrte, daß er sie nur von der Ecke zur Laterne bewegen konnte. Und der Begrenzung, der Einengung durch ihre Angst setzten sie die Lautstärke ihrer Stimme in einem Crescendo endloser Fluten entgegen. Später erfuhr sie, daß ein tschechischer Dichter, der teilgenommen hatte, um etwas Lokalkolorit beizusteuern, und der an die abendroten Tänze auf dem Albaicín gewöhnt war, zu zittern und zu weinen begonnen hatte, so daß ein Polizist ihn in die Obhut seines Umhangs nehmen und in den Kerker bringen mußte, damit er ohne Teufel schlafen konnte. Am nächsten Tag leuchteten die Seiten seines Heftes wie tölpelhafte Blütenblätter zwischen dem Erdöl und der Gallert aus den Müllgefäßen, von den gelehrten Fischern an die stehenden Wasser der Bucht zurückgegeben.

Und jenseits der Karusselle, die bis zum Platzen bevölkerten Häuser mit verschlossenen Luken, um zu verhindern, daß das Licht die Körper unterteilt. Im Tanze für die Ecken, für die Heiligen, für den an irgendeine Wand geworfenen Schlamm wiederholt sich in jedem dicht gedrängten Haus der Weg vom Strand bis hin zum Karussell. Plötzlich wird ein in orange Lumpen eingehüllter Körper aus der Tür geschleudert. Die wildgewordenen Soldaten geben Schüsse ab wie Feuerwerksraketen. Aber die verschlossenen, bis zum Platzen vollen Häuser verachten das Feuerwerk. »Hier traf ich dich, hier hab ich dich getötet.« Und der Messerstich ... Ah ... Die Gemahlin des Schmieds spürt, daß man ihr etwas in den Kopf rammt und weicht zur Laterne zurück. Wie bei einem Angriff stürmen sie mit der ganzen Beute des Fests über sie hinweg. Sie empfängt ein helles Licht, der Morgen beginnt sie zu liebkosen. Sie fängt an zu fühlen, erholt sich langsam wieder und stellt fest, daß das Fläschchen mit dem Öl aus Brasilien kocht und sich zu platzen anschickt. Sie glaubt, die Gruppen noch zu trennen, bittet um Erlaubnis, doch um sie her ist niemand. Das Boot, das sie als einzige Besatzung zurückbringt, erlaubt ihr einen harten Schlaf, der auf dem Erdöl galoppiert. Sie verläßt das Boot mit stürmischem Schritt, als wollte sie es neu bemannen. Als sie nach Hause kommt, gewahrt sie ihren Gemahl und ihren Sohn, die den altbewährten Bräuchen Achtung zollen. Und sie führt das kochende Öl an ihren Nacken. Es hat schon einen Weg gefunden, sagt ihr der Schwarze Tomás noch einmal, als sie ihn aufsucht, und es wird jenseits des Tunnels herauskommen. Am Morgen stößt sie erneut die karmesinrote Ausbeulung aus. Diesmal ist sie durch den Tunnel der linken Augenhöhle herausgesprungen. Doch die Beklemmung, die ihr folgt, ist unerträglich. Fern von ihr führt ihr Gemahl in doppelter Einsamkeit fortwährend den Zeigefinger an den Mund. Und obwohl er allein und so fern von ihr ist, wiederholt er diese Geste, die ihrerseits die Nachbarschaft bespricht und wiederholt. Und der Sohn, der scheuer ist, ist sich selbst, bevor er in den Schlaf taucht, derart hinderlich, daß der Ball einherrollt, als ob er unbewegtes Wasser wäre oder eine geringgeschätzte Schabe, deren Flug man teilnahmslos verfolgt.

Was ist denn mit euch los?, sagt sie nach Tisch und wirft ihrem Sohn den Ball zu, doch der läßt ihn rollen, denn der genommene Verlauf ist ihm einerlei.

Du bist im Urlaub, wendet sie sich nun an ihren Gemahl, um zu schauen, ob sie bei ihm mehr Glück hat, du willst nichts tun, und die eisernen Gestelle bilden im ganzen Hause eine Schwärze, die man nicht mehr wird säubern können, wenn wir einmal umziehen.

Wir werden umziehen, erwidert er fast nebenbei, und das Eisen bleibt dann hier, damit kann man keinen einzigen Funken mehr erzeugen. Ich finde mehr Gefallen daran, bei Nacht ein Glühwürmchen zu sehen, als diesem Eisen bei Tag einen Funken zu entreißen.

Jetzt, sagte ihr der Schwarze Tomás einige Tage später, kann ich den Kampf zwischen der Schwalbe und der Taube nicht vorhersagen. Auch nicht, wie sie zu Ihnen sprechen werden. Ich weiß nur, daß die Schwalbe nicht in das Haus eindringen kann, und ich kenne den Schatten der Taube. Jedoch wird eine Schwalbe unbeirrt versuchen, in Sie einzudringen, und die Taube wird ihr wehtun. Immer wenn die Schwalbe und die Taube streiten, wirft dies einen bösen Schatten.

Sie trachtete nach Flucht aus ihrem Haus. Ein Paket neben sich, für den Fall, daß sie die Nacht in den Parks verbringen mußte, zeigte sie auf ihrer Brust noch immer die Aretilloblüte. Mehrmals fiel die Blüte zu Boden, wollte ihr entkommen, doch konnte ihre Teilnahmslosigkeit die Hand noch nach ihr strecken und sie wiedererlangen. Ihr Augenmerk wies ihr die Schwalbenwagen, die die Wolken tilgten. Es war nicht ihre Absicht, so weit ihr Auge reichen konnte, an deren einer Hals die Hand zu legen. Den Vers des Pythagoras, *domesticas hirundines ne habeto,* der anrät, keine Schwalben nach Hause zu nehmen, gab es für sie. Sie beobachtete ihre perfekten Geschwader, ihre unablässigen geometrischen Neigungen. Sie konnte mit der rechten Hand gerade noch eine schwindelerregende Bewegung machen, um eine Schwalbe zu verscheuchen, die sich vom Schwarm getrennt hatte und wie ein vorherbestimmter Pfeil herbeigeschossen war, um sich in ihr Gesicht zu bohren. Abgewehrt, kehrte sie einen Augenblick zum Ausgangspunkt zurück, als wollte sie die Spannkraft nicht verlieren, die sie erneut herunterschleuderte, wie einen Blitz, der sichtbar wird, während die Wolke zurückweicht. Voller Entsetzen ergriff sie die Schwalbe beim Hals und drückte zu. Als sie die Kälte der Federn spürte, öffnete sie angeekelt ihre Hände, damit sie entflöhe. Der benommene Vogel hatte nicht mehr die Kraft davonzufliegen und umkreiste sie in einer törichten Entfernung. Sie machte der Schwalbe Zeichen, schrie ihr zu, sie solle fliehen, doch sie blieb beharrlich, in einem Stumpfsinn, wie er den Liebkosungen eines Betrunkenen eigen ist. Sie mußte mit zurückgewandtem Gesicht fliehen, um sicher zu gehen, daß der Vogel keine Kraft mehr hatte, ihr zu folgen. Am nächsten Morgen, so wie es immer in Gewissensscham geschieht, ging sie nochmals an jenen Ort, wo die Beschwörung sich vollzogen hatte. Neben dem Paket stellte die Schwalbe mit erstickter Unbeholfenheit die letzte Kälte zur Schau. Sie konnte die Kommentare an den Straßenecken hören, die ihr bedeuteten, daß die Schwalbe ungestalte Versuche unternommen hatte, sich dem Paket zu nähern. In derselben Nacht träumte sie, während der Schmied und sein Sohn eine von der Vorsicht bestimmte Distanz zu ihr wahrten: Die Schwalbe war aus nassem Karton; der Tau hatte die Papiere des Pakets durchdrungen und die Schnüre, die es hüteten, aufgeweicht. Drinnen lag ein gallertiges, in einer mit Wasserhämmern betriebenen Schmiede ausgebeintes Kind und bot seinen Nabel mit einer karmesinfarbenen Ausbeulung dar, um den Mahagonischnabel der Schwalbe daran zu tränken.

Nach so langen Kämpfen war sie allmählich wieder zu ihren Spaziergängen in der Abenddämmerung zurückgekehrt. Es war ihr eine Wonne, zwei Erinnerungen zu verknüpfen, sie zu vermischen und dann ihre ironischen Krebsscheren abzutrennen. Sie glaubten, sie sei wieder gelassen, sie flohen sie nicht, doch an ihrer Seite wurde für ihr Schicksal nichts mehr auf den Weg gebracht. Sie glaubte sich der Dinge, die neben ihr geschahen, wie beim Verhärten eines Kratzers zu erinnern. Das Gesicht, das sich ihr näherte, oder die Hand, die sich ihr entgegenstreckte, hielt sie so fern von sich, daß sie sich wie an einem verschwommenen Bild daran erfreute. Sie konnte den Himmel auf die Größe einer Tunika und auf die Taube reduzieren, die ihren Schatten auf die andere warf, auf jene, die sich mit der Röte ihrer Zunge reglos von der lila Tunika abhob. Sie genoß einen Schatten, den die Taube schickte, welche sich niemals so sehr nähert wie die Schwalbe, wenn sie vorherbestimmt ist. Das Licht benötigte sie mehr und mehr, als der Schmied und sein Sohn das Wandern des Krebses über ihren Nakken oder ihre Brust, die mit gemessener Leichtigkeit die Aretilloblüte abgestoßen hatte, nicht mehr spürten. Der Krebs bemerkte, daß man ihm jenen Körper weggenommen hatte, in den er so fest verbissen war und den er sein geglaubt. Man hatte ihm jenen Körper weggenommen, den er für seine eigenen Belange brauchte, vergleichbar der befleckten Raffinesse der Teppiche, wenn sie nach unseren Füßen verlangen.

Nachweise

Ausreißer (Fugados); Erstdruck in der literarischen Zeitschrift »Grafos« 1936.

Der violette Hof (El patio morado); Erstdruck in der von José Lezama Lima herausgegebenen literarischen Zeitschrift »Espuela de Plata« 1941.

Für ein schnelles Ende (Para un final presto); Erstdruck in der literarischen Zeitschrift »Literatura« 1944.

Spiel der Enthauptungen (Juego de las decapitaciones); Erstdruck in der von José Lezama Lima herausgegebenen literarischen Zeitschrift »Orígenes« 1944.

Krebse, Schwalben (Cangrejos, golondrinas); Erstdruck ebenfalls in »Orígenes« 1946.

Inhaltsverzeichnis